J'avais deman

travaux de

partir en c

assez temps,

moi-même;

jour à Paris

les nouvelles.

m'avait rendu

ce point, on

Pendant ce tem

le temps que la

持田明子

ジョルジュ・サンド 1804-76

自由、愛、そして自然

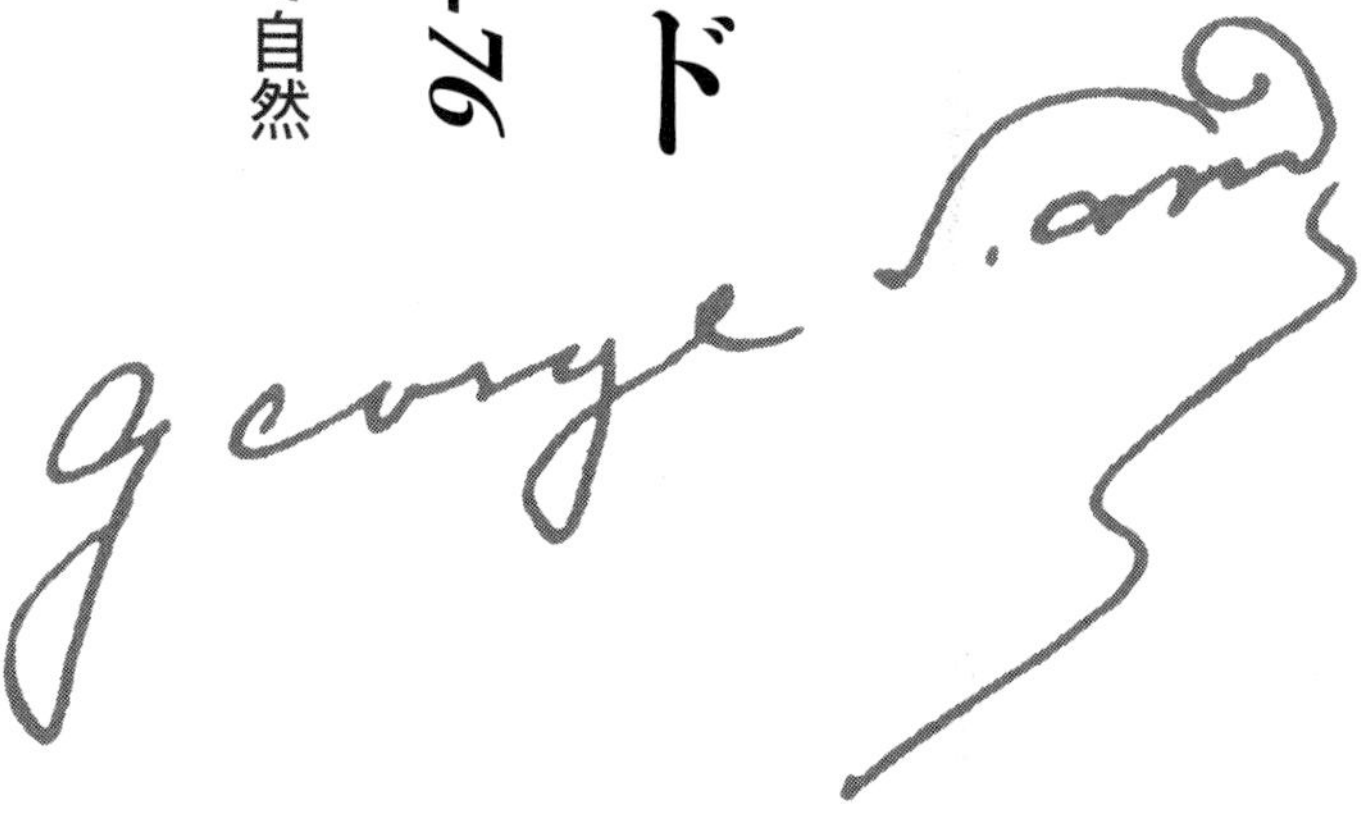

藤原書店

〈ジョルジュ・サンド生誕二百年記念〉

〈序〉サンド、自由な女性

――「ジョルジュ・サンド セレクション」日本語版出版をお祝いして――

ミシェル・ペロー
（歴史学者、パリ第七大学名誉教授）

ジョルジュ・サンド（一八〇四・七・一パリ――一八七五・六・八ノアン）の筆名で一八三二年に文壇に登場したオロール・デュパンは、パリ・メレ街の質素なアパルトマンで生まれた。母ソフィー・ドラボルドはパレ＝ロワイヤルの帽子店のお針子であり、父モーリス・デュパンは大革命の中に生まれた共和国の、次いで帝国の軍隊の輝かしい将校であった。父方の祖母は、フランスの最も有名な軍人の一人、サクス元帥の私生児ではあるが貴族階級に属し、オロールに啓蒙哲学と〝優雅さ〟を教えた。大革命の混乱が可能にした、この社会的混血こそが彼女の民主主義的信念の原点である。「私は貴族の父とジプシーの母から生まれました。私は国王やその手先たちとではなく、常に奴隷やジプシーの女と共にあるでしょう」と、一八四四年に書いている。

サンドは何よりもまず、自由な女性である。とりわけ、その生き方で。幼くして父を失い、祖母の死によりひとりになった彼女は一八二二年、カジミール・デュドヴァン男爵と結婚。二人の子供が生まれる。息子モーリスを溺愛した反面、娘ソランジュに対しては冷ややかであり、反抗的な性格に育った娘と絶え間なく対立し、苦い思いを抱き続けた。

馬と狩に熱中し、会話や読書を嫌悪した夫カジミールとの共感のない結婚の試練を彼女は味わった。この時代、離婚することが許されていなかったために、別居した。そして、彼女は女性の自立の鍵である、離婚と『民法典』改革の擁護者になる。民事上の平等こそが選挙権に先立って自立に不可欠の条件であると考える彼女は、一八四八年、女性の参政権を要求するフェミニストたちに与することはなかった。

結婚が失敗に終わった後、彼女は多くの愛人を持つ――最初の愛人ジュール・サンドー、最もロマンチックなミュッセ、最も政治的なミシェル・ド・ブールジュ、天才的で虚弱なショパン、パリ郊外のパレゾーで最も献身的な歳月を過ごしたマンソー……。

そして、パリで出会い、彼女の〃楽園〃のノアンに迎えた、もっと多くの、男女を問わぬ友人たち。彼女はこの楽園を家族の強い絆とロマン派的な熱を帯びた友情の舞台とし、クーデタの後は隠遁の場所とした。

しかしながら、サンドはこの楽園に引きこもることなく、ベリーとパリの間を絶えず行き来し、一八四七年以降は、鉄道の進歩を大いに活用してフランスの至るところを探索し、スペイン、そして、とりわけ好んだイタリアを訪れた。旅することは、サンドにとって、女性解放の一つの形であり、象徴である。便利この上ないズボンを着用することや、葉巻を心地よくふかすことと同様に。伝統的な外見をくつがえすことは、女性に押しつけられた役割を拒絶し、性の境界を打破することである。もっともサンドが女性らしさを捨て去るわけではない。

魂の充実を渇望し、ジョルジュは人間や事物に、風景や書物に、音楽や絵画――彼女自身、優れた音楽家であり、画家であった――に、フランス革命や神のすべてに関心を抱く。

彼女はとりわけ〃書くことへの激しい情熱〃を満足させようとする。この情熱は、少女時代の二年間、英国女性たちの修道院の寄宿生であった〈ミス日記帳〉（彼女につけられたあだ名）をすでに突き動かしていた。文章を書くことは彼女の真の情熱であり、しばしば夜遅くまで、様々な形で実践された主要な仕事であった。豊饒できちょうめんな手紙の書き手の彼女は、三万通を超える手紙を出した。ジョルジュ・リュバンが一万八千通を編纂（全二六巻）した。この『書簡集』は一九世紀全体を覆う、並外れた証言である。彼女が民主主義的な自伝の模範にしようとした、『わが生涯の歴史』も同様である。ジャーナリズムの重要性を意識し、彼女は新聞（『アンドルの斥候兵』）や雑誌（彼女の社会主義の師であるピエール・ルルーの『独立評論』）の創刊を援助し、一八四八年には『民衆の大義』を自ら発行したばかりか、多数の論文や連載小説を寄稿した。

彼女は百に及ぶ小説を執筆した正真正銘の作家であった（彼女は、軽視されていた〝女性作家〟の地位を拒絶した）。女性の解放を求めた小説（『アンディアナ』、『レリア』、『ヴァランティーヌ』、『コンシュエロ』）、社会問題を扱った小説（『フランス遍歴の職人』、『アンジボの粉挽き』、『黒い街』）、農民小説（『魔の沼』、『捨て子のフランソワ』、『少女ファデット』、『ナノン』）、歴史小説は多くはない。これらのいくつかはフランスや外国でベストセラーになった。彼女は言葉、詩情、思想に深く配慮して、その時代の社会や、政治的、社会的、性的な対立・緊張を作品に投入した。フロベールの主張する〝芸術のための芸術〟には賛同せず、読者に精神的な糧を与える作品を書こうとした。

職業作家として、彼女は期日を守り、編集者と契約を仔細に検討した。

著名な作家として、彼女は文学サークル（マニー亭の夕食会）や、自身の数多くの作品が脚本化され、上演される劇場に頻繁に足を運んだ。

大切な〝吟遊詩人〟フロベールと、彼女は知的で質の高い、類まれな文通を続ける。

サンドはイギリスの偉大な女性小説家たちのように個人的ではなく、より社会的ではあるが、彼女たちと同じように、最も偉大な男性たちに比肩する。〝サンドは同時代の文壇の女王〟であると、ヴィクトル・ユゴーの腹心の友ビュロ（『両世界評論』誌編集長）は評した。


そしてサンドは一九世紀のあらゆる闘いに参加した女性であった。不公平と貧困、死刑と牢獄に反対して。詩作する労働者たち、農民の解放、女性の権利のために。自由思想、民族自決（とりわけイタリアにおいて）のために。共和国――平等、普通選挙、政教分離、非暴力に立脚した〝民主主義的、社会主義的共和国〟のために。彼女は、ルドリュ＝ロラン、ルイ・ブラン、アラゴ、そしてとりわけ、彼女の尊敬する〝聖なる共和主義者〟アルマン・バルベスといった、臨時政府の友人たちとともに全精力を傾けた一八四八年の第二共和政がこの理想を実現したと信じた。彼女は『共和国公報』の一部を編集し、増大するパリと地方の落差を心配して民衆教育のパンフレットを増刷した。

「六月の日々」に愕然とし、——〝プロレタリアの命をまず奪おうとするような共和国が存在するとは私には信じられません〟——、一八五一年一二月二日のクーデタに打ちひしがれ、ノアンに蟄居して、文章を書き、政治的考察を深め——彼女の書簡がその鋭さを証明している——ながら、二人の孫娘が加わった家族との団欒や、友情を楽しんだ。

だが、〝優しい奥方〟が信念を放棄することはない。第三共和政の出現は彼女に再び希望を与えた。もっとも、その希望も普仏戦争の惨禍（彼女の感動的な『戦時下のある旅人の日記』の中で語られる）やコミューン（彼女は受け入れることができない）で曇りはするが。〝共和国、それは生命です〟と彼女は一八四八年に言った。

彼女は安息の場所にたどり着いた。一八七六年、彼女はノアンで、家族に囲まれて、息を引き取り、城館の庭園内に埋葬された。この庭園こそ、稀に見る〝偉大な女性〟のパンテオンである。

われわれには彼女を再発見する課題が残されている。

今日、日本の読者のためにサンドの作品の出版を決定した藤原書店のイニシアチブに私は敬意を表さなければならない。

きわめて適切に選ばれた作品は、ジョルジュ・サンドの作家としての才能の多様性を見事に示すものである。『わが生涯の歴史』はまさしく第一級の自伝であり、ジョルジュ・サンドは三代にわたる家族の歴史を生き生きと語った後で、幼年時代、祖母、輝かしい将校であった父、その父と恋愛結婚をした、パリのしがないお針子であった母の話をする。それから、自らの青春時代、不幸な結婚、恋愛、文壇への登場、共和国のための政治的参加を語る。彼女はこの自伝を民主主義的自伝の手本にしようとした。ようやく文章を綴り始めた職人や農民たちに、自分の家族の歴史を綴るよう促すために。『モープラ』（一八三七年）は中部フランス・ベリー地方を主要な舞台とした、男女の〝絶対の愛〟による自己形成の物語である。大きな成功を博し、後に戯曲化されて、オデオン座で上演された。『スピリディオン』（一八三九年）は哲学的小説であり、アンジェロとアレクシの二人の修道僧の対話を通しての、歴史的考察であり、ウンベルト・エーコの『薔薇の名前』に比肩する。

『コンシュエロ』（一八四二―一八四四年）は暗黒小説に由来する、秘儀伝授の物語であり、ヒロインのコンシュエロは陰鬱な場所や想像界を駆け巡り、ついには、人類を再び賛美することで人類を救済するという使命を見出す。

いわゆる〝農民小説〟群の中で最も有名な作品の一つである『魔の沼』（一八四五年）は、サンドが美しいノアンの館を所有していた、ベリー地方の景色や、農民たちの言葉や暮らしを描き出す。

『黒い町』（一八六一年）では労働界、とりわけ、フォレ地方の山間の街ティエールの刃物工場が写し出されると同時に、理想的な共同体の計画が素描される。

『おばあ様のコント』（一八七三、一八七六年）はジョルジュ・サンドの二人の孫娘に対する愛情を髣髴させる。孫娘の　人、百歳近い長寿に恵まれたオロールは、偉大な祖母の思い出を伝えるために大いに努力を払った。

日本の読者のためにこれらの作品の翻訳に携わった、ジョルジュ・サンドの熱心な読者であり、また卓越した研究者である持田明子氏に感謝しなければならない。この出版はジョルジュ・サンドに対する理解を深めよう。一九世紀を生きたこの偉大な女性に対する読書欲が一層そそられんことを。

（持田明子訳）

George Sand 1804-76

ジョルジュ・サンド 1804-76　目次

〈序〉サンド、自由な女性……………ミシェル・ペロー 2

1 一族の物語……………一六九四―一七九九年 17

ポーランド国王アウグスト二世（父方の先祖）――フランスで最も有名な軍人サクス元帥（父方曾祖父）――サンドに生涯影響を与えたマリ・オロール・ド・サクス（父方祖母）――父モーリス・デュパンの誕生

2 父母の物語……………一八〇〇―一八〇四年 23

父モーリス・デュパンと母ソフィー＝ヴィクトワールの恋――父方祖母マリ・オロールの猛反対――父母の身分違いの結婚――「民衆に繋がる血」

3 風変わりな少女の物語……………一八〇四―一八二二年 31

誕生――パリでの幼年時代――スペインへ――父の死亡――祖母と母の確執――ベリーの自然に囲まれた祖母との生活――修道院付属の寄宿学校での信仰生活――ベリーに戻る――結婚

4 地方の若妻の物語……………一八二三―一八三〇年 53

長男モーリス誕生――夫との溝が広がる――長女ソランジュ誕生――ジュール・サンドーとの恋

戯画化した自画像

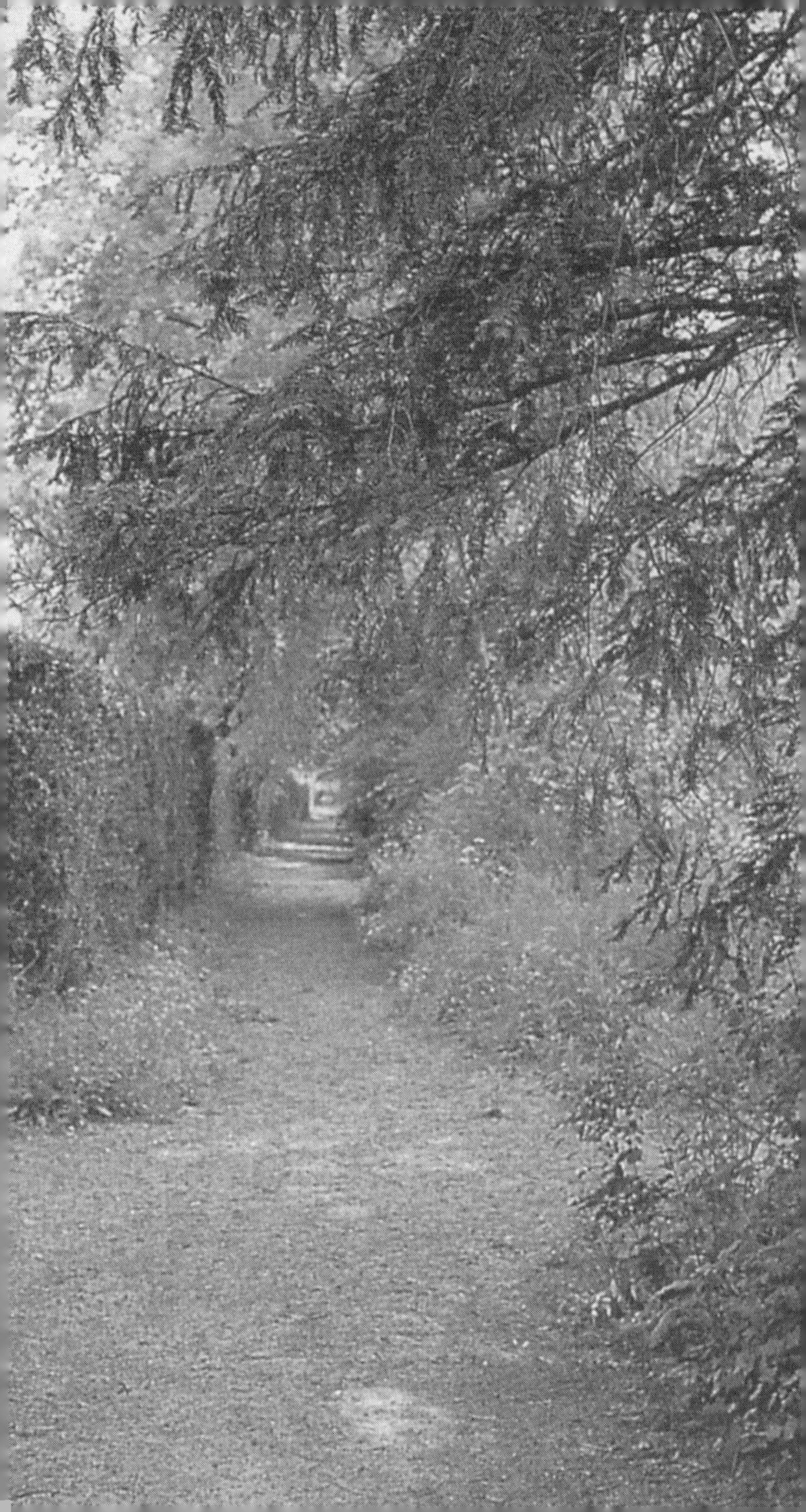

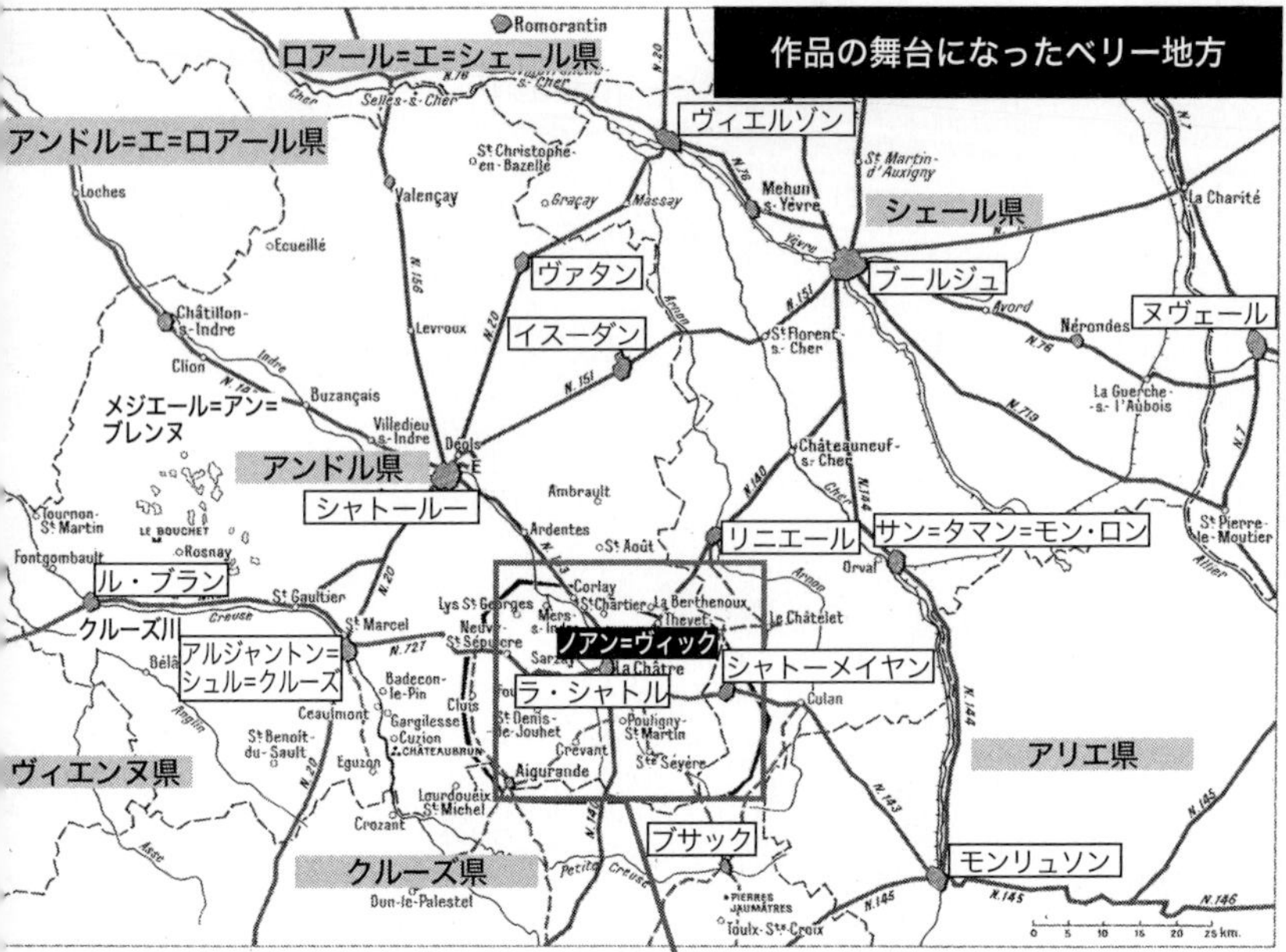

作品の舞台になったベリー地方
ロアール=エ=シェール県
アンドル=エ=ロアール県
ヴィエルゾン
シェール県
ブールジュ
ヌヴェール
ヴァタン
イスーダン
メジエール=アン=ブレンヌ
アンドル県
シャトールー
リニエール
サン=タマン=モン・ロン
ル・ブラン
クルーズ川
アルジャントン=シュル=クルーズ
ノアン=ヴィック
ラ・シャトル
シャトーメイヤン
ヴィエンヌ県
アリエ県
ブサック
モンリュソン
クルーズ県
Romorantin
Selles-s-Cher
St Christophe-en-Bazelle
Loches
Valençay
Graçay
Massay
Mehun s-Yèvre
St Martin-d'Auxigny
La Charité
Ecueillé
Châtillon-s-Indre
Levroux
St Florent-s-Cher
Avord
Nérondes
Clion
Buzançais
La Guerche-s-l'Aubois
Villedieu s-Indre
Déols
Châteauneuf-s-Cher
Ambrault
Tournon-St Martin
Le Bouchet
Ardentes
St Août
St Pierre-le-Moutier
Fontgombault
Rosnay
Orval
St Gaultier
Corlay
St Chartier
La Berthenoux
Thevet
Le Châtelet
Lys St Georges
St Marcel
Neuvy-St Sépulcre
Mers-s-Indre
Sarzay
La Châtre
Bélâbre
Badecon-le-Pin
Culan
Ceaulmont
Gargilesse
Cluis
St Denis-de-Jouhet
Pouligny-St Martin
St Benoit-du-Sault
Cuzion
Châteaubrun
Crevant
Eguzon
Aigurande
Ste Sévère
Lourdoueix St Michel
Crozant
Dun-le-Palestel
Pierres Jaumâtres
Toulx-Ste Croix
0 5 10 15 20 25 km.

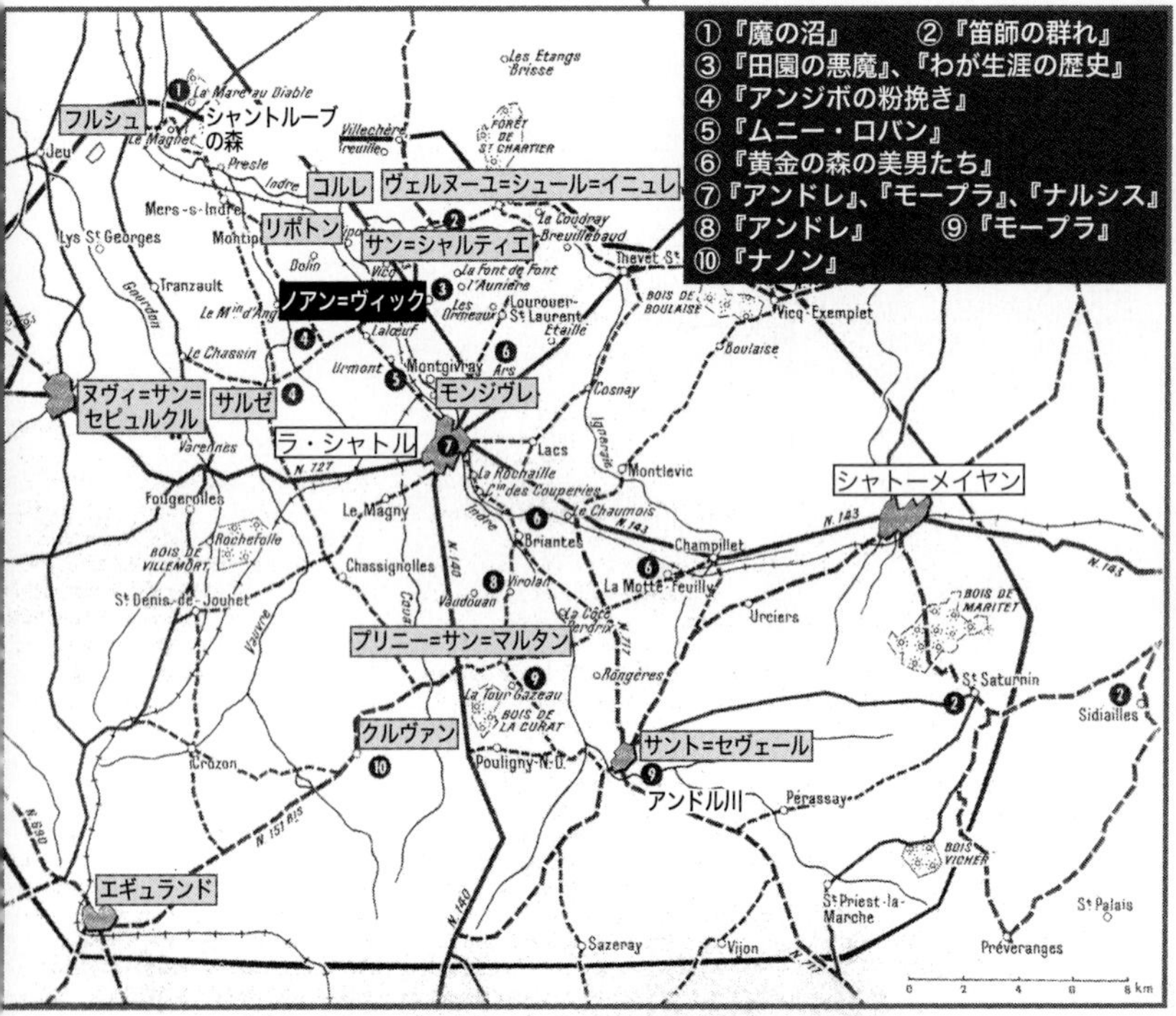

①『魔の沼』　②『笛師の群れ』
③『田園の悪魔』、『わが生涯の歴史』
④『アンジボの粉挽き』
⑤『ムニー・ロバン』
⑥『黄金の森の美男たち』
⑦『アンドレ』、『モープラ』、『ナルシス』
⑧『アンドレ』　⑨『モープラ』
⑩『ナノン』
フルシュ
シャントルーブの森
コルレ
ヴェルヌーユ=シュール=イニュレ
リポトン
サン=シャルティエ
ノアン=ヴィック
モンジヴレ
ヌヴィ=サン=セピュルクル
サルゼ
ラ・シャトル
シャトーメイヤン
プリニー=サン=マルタン
クルヴァン
サント=セヴェール
アンドル川
エギュランド
Les Etangs Brisse
La Mare au Diable
Le Magnet
Jeu
Forêt de St Chartier
Presle
Mers-s-Indre
Lys St Georges
Montipouret
Le Coudray
Breuillebaud
Tranzault
Vicq
La Font de Font
Lourouer-St Laurent
Les Ormeaux
Etaille
Bois de Boulaise
Vicq-Exemplet
Boulaise
Le Chassin
Laloeuf
Urmont
Montgivray
Ars
Cosnay
Varennes
Lacs
Montlevic
La Rochaille
Fougerolles
Le Magny
Le Chaumois
Bois de Villemort
Briantes
Champillet
Chassignolles
Virolan
La Motte-Feuilly
St Denis-de-Jouhet
Vaudouan
Urciers
Bois de Maritet
La Côte Verdrix
Rongères
St Saturnin
Sidiailles
La Tour Gazeau
Bois de la Curat
Crozon
Pouligny-N.-D.
Pérassay
Bois Vicher
St Priest-la-Marche
St Palais
Sazeray
Vijon
Préveranges
0 2 4 6 8 km

1

一族の物語

一六九四—一七九九年

父方の先祖にポーランド国王アウグスト二世、曽祖父にフランスで最も有名な軍人サクス元帥を戴き、サクス元帥の私生児である祖母デュパン・ド・フランクィユ夫人へと連なる、サンド前史とも言える三代の波乱に満ちた物語。

この非凡な一族の物語は、一七世紀が終わろうとする一六九四年に始まる。

この年、ケーニヒスマルク伯爵夫人マリーア・アウローラは、弟フィリップの謎に満ちた死の真相を知ろうとザクセンにやってきた。フィリップは、後にイギリス国王ジョージ一世となるハノーヴァー侯に嫉妬が原因で殺されたという。美貌と教養の誉れ高いアウローラは、ドレスデンで、やがてアウグスト二世としてポーランド国王に選出されるザクセン選挙侯フリードリヒ＝アウグスト一世に出会う。彼は、「どうやら数百人の私生児を世に送り出したらしいから、その血を幾分なりとも受け継いでいるのは、まれな名誉というわけにはいかない」と、少しばかりおどけてジョルジュ・サンドが『わが生涯の歴史』の中で述べているほど、名うての色好みであった。ともあれ、一六九六年一〇月二八日、二人の間に男の子が生まれ、モーリスと名づけられた。父の厳しい教育を受けたモーリスは、軍事作戦に類まれな素質を発揮し、ピョートル大帝らに仕えたあとで、フランス王の旗下となり、一七四五年、フォントノワの戦いではイギリス、オランダの連合軍を破ってフランス軍に勝利をもたらし、フランスの元帥となった。

兵士たちに気晴らしをさせようとサクス元帥が呼び寄せた役者たちの中に、若く、美しいマリ・ラントーがいた。カフェを営む男の娘であったマリは一七四八年、サクス元帥の私生児マリ・オロールを生んだ。半世紀後にジョルジュ・サンドの祖母となる女性。

サクス元帥の姪にあたる王太子妃マリ＝ジョゼフ・ド・

家系図

フリードリヒ=アウグスト１世
（ザクセン選挙侯、後にポーランド国王アウグスト2世）
1670-1733

マリーア・アウローラ
（ケーニヒスマルク伯爵夫人）
1662-1728

モーリス・ド・サクス
（フランス元帥）
1696-1750

マリ・ラントー
1730-1775

ルイ=クロード・デュパン・ド・フランクィユ
1715-1786

マリ・オロール・ド・サクス
1748-1821

モーリス・デュパン
1778-1808

アントワネット=ソフィー=ヴィクトワール・ドラボルド
1773-1837

アマンティーヌ=オロール=リュシル・デュパン
（ジョルジュ・サンド）
1804-1876

家系図（17～19世紀）

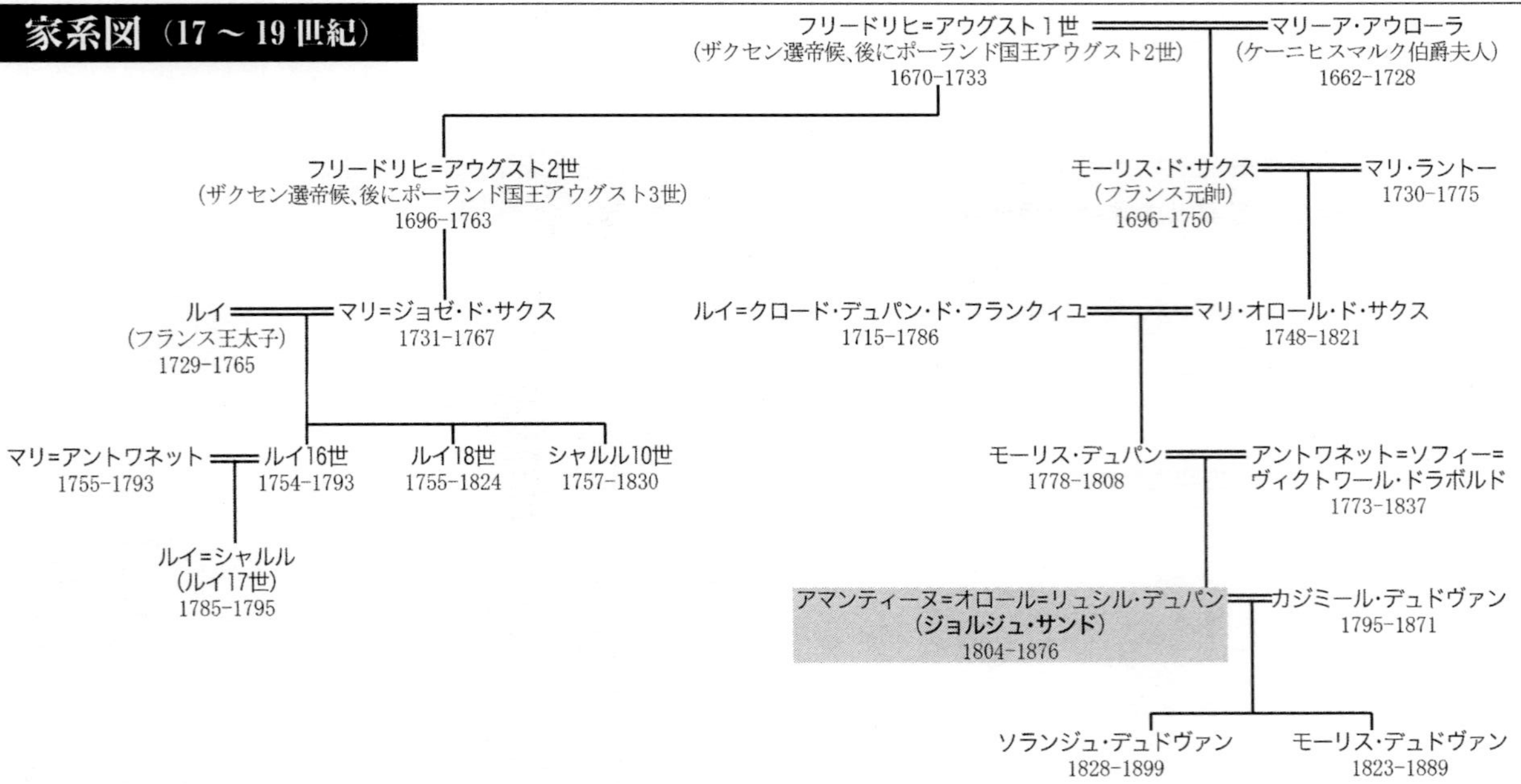
フリードリヒ=アウグスト1世
(ザクセン選帝侯、後にポーランド国王アウグスト2世)
1670-1733
マリーア・アウローラ
(ケーニヒスマルク伯爵夫人)
1662-1728
フリードリヒ=アウグスト2世
(ザクセン選帝侯、後にポーランド国王アウグスト3世)
1696-1763
モーリス・ド・サクス
(フランス元帥)
1696-1750
マリ・ラントー
1730-1775
ルイ
(フランス王太子)
1729-1765
マリ=ジョゼ・ド・サクス
1731-1767
ルイ=クロード・デュパン・ド・フランクィユ
1715-1786
マリ・オロール・ド・サクス
1748-1821
マリ=アントワネット
1755-1793
ルイ16世
1754-1793
ルイ18世
1755-1824
シャルル10世
1757-1830
モーリス・デュパン
1778-1808
アントワネット=ソフィー=ヴィクトワール・ドラボルド
1773-1837
ルイ=シャルル
(ルイ17世)
1785-1795
アマンティーヌ=オロール=リュシル・デュパン
(ジョルジュ・サンド)
1804-1876
カジミール・デュドヴァン
1795-1871
ソランジュ・デュドヴァン
1828-1899
モーリス・デュドヴァン
1823-1889

▲デュパン・ド・フランクィユ夫人（サンドの祖母、1748–1821）と息子モーリス（サンドの父、1778–1808）

サクスの後ろ盾で、マリ・オロールはサン＝シール修道院で上流階級の娘として育てられた。一七歳で、アントワーヌ・ド・オルヌという名の歩兵隊長と結婚。結婚五ヵ月後、国王の補佐官としてアルザスの任地に赴く夫に同行したが、任地セレスタ到着の五日後に夫が急逝。若くして未亡人となったマリ・オロールは再び修道院に身を落ち着けた後、一七七七年、富裕な徴税請負人にして経済学者のクロード・デュパンの息子、ルイ＝クロード・デュパン・ド・フランクイユと再婚した。マリ・オロール、三〇歳、デュパン・ド・フランクイユ、六二歳であった。翌一七七八年、息子モーリスが誕生。

多くの女性が豊かな教養で輝いていた一八世紀にあってもひときわ優れていたマリ・オロールは夫とともに文学や

音楽を愛し、ルソーを賞賛し、ヴォルテールを尊敬した。とりわけ音楽に秀《ひい》でた才能を見せ、ポルポラ*やペルゴレーシ**、ハッセ***を好んで歌い、ハープを奏でた。

二人は一年の大部分をフランス中部ベリー地方のシャトールーで過ごした。

一七八九年、フランス革命勃発。

この大革命はフランスばかりか、彼女の一族の運命を決定的に変えた。

一七八六年に夫と死別していたデュパン・ド・フランクイユ夫人は、パリを離れて大革命の混乱を避けようと、シャトールーから南に二五キロばかり下ったノアンの城館とそれに付随した地所二〇〇ヘクタールを一七九三年に購入した。夫人は息子と、デシャルトルという名の若い家庭教師とともに、ルイ一六世時代に建てられたこの城館に移り住んだ。

後年、ジョルジュ・サンドがその幼年時代ばかりか、生涯の多くの時を過ごすことになるノアンの城館。

一七九八年、二〇歳になったモーリスは、ナポレオンより〈フランス第一等の擲弾兵〉の称号を与えられたラ・トゥール・ドーヴェルニュの庇護を得た。

*イタリアの作曲家。一六八六—一七六八年。
**イタリアの作曲家。一七一〇—一七三六年。
***ドイツの作曲家。一六九九—一七八三年。

2

父母の物語

一八〇〇―一八〇四年

大革命の平等思想の洗礼を受けた父モーリス・デュパンは、祖母フランクィユ夫人の猛反対を受けながら、美しく優しいが、貧しいお針子ソフィーと結婚。「心ばかりか、体内に流れる血でも民衆に繋がっています。」(G・サンド)

デュパン・ド・フランクィユ夫妻の一人息子、つまりサクス元帥の孫モーリスは軍人の道を志し、ヨーロッパの解放を旗印とするナポレオン軍に志願。ドイツの戦場で数々の軍功をあげ、一八〇〇年、イタリア遠征のフランス軍がミラノに入城した時、「黄色の羽根の前立てと金色の総《ふさ》のついた赤い肩章」を与えられて、副官に昇格。そしてモーリス・デュパンは恋に落ちた。「愛されて、立派な母や友人たち、それに美しい恋人がいて、多少の栄誉があり、見事な馬と、戦うべき敵がいるのは何と素晴らしいことでしょう！　僕にはこのすべてがあります、そして、このすべての中で最良のもの、それは立派なお母さんですよ」と息子モーリスは駐屯地から母に書き送った。

若く、美しく、にこやかな、その女性の名はアントワネット＝ソフィー＝ヴィクトワール・ドラボルド。彼の上官であるデュポン将軍の愛人で、遠征軍に随行していた。彼はロマネスクな恋に夢中になった。これまでになく長続きする恋であった。

ソフィー＝ヴィクトワール・ドラボルドは「パリの古い石畳から生まれた貧しい子供であり、父は、玉突き台を置いた小さな居酒屋を経営したり、オ・ゾワゾ河岸でカナリアやヒワを売っていた」（『わが生涯の歴史』）。

この社会階層では祖先の物語をひもとくことは難しい。証言するものが何も残されていないからだ。

母は自分の両親のことをほとんど話さなかった。

▲父モーリス・デュパン
(1778-1808)

▲母ソフィー=ヴィクトワール
(1773-1837、サンド筆)

それは、母がまだ子供の頃亡くしたために、あまり記憶がないからである。父方の祖父はどんな人間であったか？　母は祖父について何ひとつ知らず、私も知らない。母の祖母は？　事情は同じだ。庶民の家系図はこの社会の金持ちや権力者の系図に太刀打ちできない。……

いかなる称号も、紋章も、絵画も、これら無名の家系の思い出をとどめてはいない。彼らは地上を通過するものの、足跡をまったく残さない。貧しい者は完全に消滅する。金持ちの軽蔑が彼らの墓を封印し、侮蔑にみちた足で踏みつけているのが人間の遺骸であることさえ知らずにその上を歩いて行くのだ。

(『わが生涯の歴史』)

「貧しい人々の生活には、金持ちが決して理解しない束縛や不幸な出来事、宿命があった」。そして、ソフィー＝ヴィクトワールたち姉妹はこの混乱の時代、波乱に富んだ青春、つまり、針仕事やその肉体的魅力で生計を立てる困難な日々を経験した。初歩的な読み書きを除けば、まったくと言っていいほど教育を受けていなかった。

デュパン・ド・フランクイユ夫人はルソーやヴォルテールの進歩思想に共鳴してはいたが、貴族的偏見から、息子の身分違いの結婚を認めることは到底できなかった。

だが、大革命の平等思想の洗礼を受けた息子は確固とした意思を遠征先から母に書き送る。

革命暦九年牧月（一八〇一年五月）

お母さん、あなたは苦しんでおられます、そして僕も同じです……恐怖政治以来、僕の人生でもっとも深刻な悲しみです。私たちはあの頃不幸でしたが、少なくとも意見が対立することはありませんでした。私たちには一つの考え、一つの意志しかありませんでした。でも今は、重要ないくつかの点で私たちの意見が分裂しています……少しばかり考えてみて下さい、お母さん。一人の女性に対する僕の好みがあなたにとって侮辱であり、僕にとっては危険であり、あなたを不安にし、あなたに涙を流させるということが、いったいどうして起きるのでしょう？　……僕はもう子供ではあ

▶祖母マリ・オロール（一七四八―一八二一年）

りません。僕は、自分が愛する人間をしっかりと判断できます。ある種の女は、デシャルトルの言葉を借りるならば、確かに娼婦であり、いかがわしい女でしょう。そうした女を僕は愛しもしませんし、追い回しもしません。僕は、放蕩者でもありませんし、そんな女を囲うほどの財力もありません。けれども、こうした下品な言葉は、真心のある女性には断じて当てはまりません。愛はすべてを浄化します。愛はこの上なく卑しい人間をも気高くします。庇護者も、財産も、導き手もなく、この世に放り出されたという不幸以外に、落ち度のない人々はなおさらのことです……あなたをこれほどまでに悲しませ、不安にしている女性は、彼女を愛し、彼女に安らぎと喜びを惜しみなく与えている男と別れました。しかしこの男は、彼女に自分の名を与え、将来を約束するほどに愛したでしょうか。否です……彼女がこの男と自由に別れることができると知ったとき、彼女の愛を求め、手に入れたことを後悔する気持ちはみじんもありませんでした。この愛を芽生えさせ、共有することを恥じるどころか、僕は誇らしく思っています……。

母デュパン・ド・フランクィユ夫人の承認を得られぬままに、ソフィー＝ヴィクトワールの出産を間近に控えた一八〇四年六月五日、生まれてくる子供の出生を認知するために、パリ二区の区役所で、二人はこっそり結婚した。花

嫁は信じられない幸せに震えていた。

モーリスは「すべてを打ち明け、すべてを受け入れてもらう望みを抱いて」ノアンに出発した。彼はまず妻の妊娠を伝えた。だが、最初の一言を聞くや、母親は泣き崩れた。

「お前は私よりも女を愛しているのですね。私をもう愛してはいないのですね！ ……ほかの多くの人々のようにあの九三年に死んでさえいれば！お前の心の中にはあの時の私がずっと残っただろうに、競争相手を持たずにすんだだろうに！」

（『わが生涯の歴史』）

モーリスは涙を流し、何も答えなかった。

そして、秘密を胸にしまった。

後年、ジョルジュ・サンドが詩作に励む労働者たちを支援し、助言を惜しまなかったことはよく知られているが、その一人、職工詩人のシャルル・ポンシにあてた手紙の中で、母の出自に言及している。

見かけは貴族階級に生まれた私ですが、心ばかりでなく体内に流れている血でも私は民衆に繋がっています。私の母は、勤勉で辛抱強い階級の人間ではありません。ジプシーのように転々と流浪の生活を続ける卑しい階級の出身です。母は踊り子とも言えないような踊り子でした。パリのブールヴァールの小さな芝居小屋で端役を演じていました。金持ちの男を愛して、この卑賤な生活から抜け出すことはできましたが、もっと大きなおぞましさを味わうことになったのです。私の父が母に出会った時、母はもう三〇歳になっていました……父は寛い心を持っていました。この美しい女性がまだ愛することができるのを理解したのです。父は家族の意に反して、そして呪いに近い言葉を浴びながら、母と結婚しました。長い間、貧しい暮らしでしたが、父は母が以前に他の男との間に設けた子供まで可愛がったのです……。

（一八四三年一二月二三日）

3

風変わりな少女の物語

一八〇四―一八二二年

一八〇四年、パリで後のG・サンドが誕生。四歳で父を失うが、祖母の教養と慈愛、そして豊かな自然に囲まれて、ノアンの城館で成長する。祖母の死後の一八二二年、一八歳でカジミール・デュドヴァン男爵と結婚。

音楽とバラ色の中で生まれた女の子

一八〇四年五月、第一統領ナポレオン・ボナパルトがフランスの皇帝に即位し、第一帝政が成立して間もなくの七月一日、ソフィー＝ヴィクトワールはパリの屋根裏部屋の一室で、女の子を出産。モーリス、二六歳、ソフィー＝ヴィクトワール、三〇歳であった。幼い頃に母から聞かされたものであろうか、ジョルジュ・サンドは自らの誕生の様子を、『わが生涯の歴史』の中で、次のように描写している。

……その日、母はバラ色の美しいドレスに身を包んでいた、父は愛用のクレモナのヴァイオリン（私の手元には今もその古い楽器、その音色の中で私がこの世に生まれた楽器がある）で自作のコントルダンスの曲を弾いていた。母は少しばかり苦しくなって踊りをやめ、自分の部屋に入った。表情が少しも変わっていなかったし、ひどく落ち着いて出て行ったので、コントルダンスは続けられた……叔母のリュシーが母の部屋に入り、すぐに叫んだ。「いらっしゃい、いらっしゃい、モーリス、女の子が生まれましたわ」「お母さんと同じようにオロールと名づけよう。今はここにいないので祝福してもらえないが、いつの日か祝福してくださ

▲サンドの生家
（パリ、メレ街15番地）

▲サン=ミッシェル橋（J.-B.C. コロー筆）
後年、パリに出た当初、サンドはこの近くで暮らした

るだろう」と私を腕に抱きながら、父が言った……

「この子は音楽とバラ色の中に生まれたのですから幸福になりますわ」と叔母が言った。

確かに、オロールは人並み外れた生涯を送ることになるだろう。だが、祖母デュパン・ド・フランクイユ夫人と母ソフィー＝ヴィクトワール・デュパンとの溝は決して埋まることはなく、オロールを巡る二人の女性の激しい確執が幼い少女の心に決して消えぬ、深く暗い影を落とすことになろう。

ともあれ、五年前に革命の幕が切って落とされたバスティーユにほど近い、メレ街一五番地の屋根裏部屋の一室で生まれた女の子はアマンティーヌ＝オロール＝リュシル・デュパンと名づけられた。

そして、翌七月二日、サン＝ニコラ＝デ＝シャン教会で洗礼を受けた。

この年の一二月二日、皇帝ナポレオンの戴冠式がパリのノートルダム大聖堂で挙行され、ダヴィッドがこの豪華絢爛な情景を大作《皇帝ナポレオン一世と皇妃ジョゼフィーヌの戴冠》（パリ、ルーヴル美術館蔵）に再現した。

一八〇五年、ウルム、アウステルリッツの両会戦でそれぞれオーストリア軍、オーストリア・ロシア連合軍にナポレオン軍、大勝利。

一八〇七年、フリートラントの会戦でナポレオン軍、プロシャ・ロシア連合軍に勝利。

▲戴冠式の衣装をまとい、みずからがつくった法典に手をかざすナポレオン（ジロデ＝トリオゾン筆）

▶父モーリス・デュパン（一七七八―一八〇八年）

オロールは四歳までの幼年時代をパリで、母方の家族に囲まれて過ごした。父方の家族が関わりを持つことを拒んだからである。情熱的で、明るく生き生きした、そして誇り高い母を少女は熱愛した。帝国軍隊の軍人である父は相次ぐ遠征の合間に時折、帰ってくるだけであったが、さまざまな遊びを作り出してくれる父の傍をオロールは一日中、離れなかった。貧しいけれども愛情に満ちた生活であった。

スペインへ

一八〇八年三月、ナポレオンの義弟ミュラ将軍の率いるフランス軍、マドリッドに入城。

モーリス・デュパン大佐は副官として将軍に従った。ソフィー＝ヴィクトワールはスペインの女たちの魅力に夫が負けはしないかと心配になって、八ヵ月の身重の身でありながら、娘を連れてスペインへの旅を企てた。困難な道のりであった。

一八〇八年六月一二日、マドリッドで生まれた男の子はオギュストと名づけられた。

ソフィーは長時間、苦しんだ後で、今朝、見事な男の子を出産しました。赤ん坊は大きな泣き声を上げています。母子ともにすこぶる元気です……オロールもとても元気です。私は、手に入れたばかりの小さな四輪馬車に荷物を残らず入れて、ノアンに向けて出発します。七月二〇日頃、到着し、できるかぎり長く滞在する予定です……お母さん、喜びで胸がいっぱいになります。

（モーリスから母へ、一八〇八年六月一二日）

モーリスの待ち望んだ男の子は生まれつき目が見えなかった。七月初め、デュパン一家は帰路に着いた。

帰郷の旅は辛く、苛酷であった。不潔極まりない馬車に揺られて、焼き払われた村、砲撃された街、死体で覆われた道をのろのろと進んだ。怖ろしいほどの喉の渇きと空腹。子供たちは熱を出し、疥癬にかかった。

七月末、ノアンに到着。

九月八日、オギュスト、死亡。

九月一六日、真夜中近く、モーリス・デュパン、落馬事故で死亡。スペインから連れ帰った荒馬レオパルドが、暗

▲ノアンの教会

がりの中で、積み上げられていた石の山に衝突し、あまりに激しい勢いで立ち上がったために、振り落とされたのだ。「馴らすことができない」と評されたこの駿馬は、やがてスペイン国王フェルナンド七世となるアストゥリアス公から報奨として与えられたものであった。

母と妻と娘にとって、前触れもなく訪れた癒しようのない悲しみ。

城館は喪の氷のような静寂と悲しみの中に沈んだ。

属する階級や教養や習慣のみならず、あまりに性格の違う、祖母デュパン・ド・フランクィユ夫人と母ソフィー＝ヴィクトワールは、互いに幼い少女の心を自分の方に向けさせようと努め、ことごとに激しく対立しながらも、一三年の間、共に暮らした。

祖母は突然、この世から消えてしまった息子に驚くほど似ている利発な少女に排他的な愛情を注ぎ、その教育を完全に担って、傍に置くことを望んだ。

幼いオロールは母を熱愛していた。祖母や近在の「老伯爵夫人たち」が生まれの卑しい、行儀作法を知らない母に容赦ないまなざしを注ぎ、母を非難し、軽蔑すればするほど、必死になって哀れな母をかばった。そして、祖母と母の間に横たわる階級の溝が決して埋まらぬことを知った。

一八〇九年、ソフィー＝ヴィクトワールは娘の後見をデュパン・ド・フランクィユ夫人に譲った。

やがてソフィー＝ヴィクトワールは、モーリスと結婚する前に別の男との間に設けたもう一人の娘カロリーヌと自由気ままな生活が待っているパリに戻って行った。この後、オロールが母とわずかな時を過ごせるのは、祖母に連れられてパリを訪れるときだけになろう。

ベリーの自然の中で

幼いオロールの眼前で二人の女性が繰り広げた、憎悪に近い確執は、消し去ることのできない忌まわしい光景として少女の記憶に深く刻まれる。

だが、祖母や使用人たちの心遣いに包まれ、美しいベリーの自然の中での静かな田園生活は、優しい母の温もりを取り上げられた少女の孤独と悲しみを次第に紛らせていく……。

オロールは自分だけの神を創り出し、コランベと名づけ、

▲オロール・デュパン6歳頃（祖母マリ・オロール筆）

庭園の雑木林の茂みの中に苔やきれいな小石や貝殻で祭壇を築いた。そして、家人がやって来ることのないこの秘密の場所で、「イエスのように汚れなく、慈悲深く、ガブリエルのように輝く、美しい」理想の人物を中心にした世界を夢想した。

かつてモーリスの家庭教師を務めたデシャルトルが再び、デュパン・ド・フランクィユ夫人の要請を受けて、オロールの家庭教師となり、博物学や代数、ラテン語を教えた。祖母は最良の音楽教師であったし、その書庫には古今の哲学書や文学書が揃えられていた。

野原を駆け巡り、近在の農家の子供たちと屈託なく遊び、野良仕事に加わって祖母を困惑させもした。夏の夜なべに「麻打ちたち」が語る不思議な話は少女の想像力を果てしなく羽ばたかせた。

掘り起こした土の匂い、木々の囁き、揺らめく光。大地に深く根ざした農民たちの素朴な暮らしをつぶさに見、彼らの喜びや苦しみを知った。

長い年月の後で、こうしたもののすべてが、ジョルジュ・サンドの珠玉の作品と評される〈田園小説〉群に、みずみずしく、繊細な筆で写し取られよう。

ともあれ、ノアンの生活は少女の心をしっかりと捉え始めていた。

修道院付属の寄宿学校で

一八一四年四月、ナポレオン、皇帝を退位。エルバ島に配流。ルイ一八世、パリに帰還。第一次王政復古。

▶オロール・デュパン六歳頃（J-F-L・デシャルトル筆）

一八一五年三月、ナポレオン、パリに帰還。六月、ワーテルローの戦いでナポレオン軍、完敗。ナポレオン、退位。帝国は崩壊し、彼の時代は終わった。第二次王政復古。

デュパン・ド・フランクィユ夫人は孫娘の教育の仕上げを、パリにあるイギリス人修道女たちの聖アウグスティヌス会修道院に委ねることにした。この修道院は上流階級の

▶ベレロフォン号上のナポレオン、セント=ヘレナ島への流刑（サー・W・Q・オーチャードソン筆）

◀修道院付属の寄宿学校風景（E・マンション筆）

間で聖心修道女会やアベイ＝オ＝ボワ修道院と並び称せられていた。修道院付属の寄宿学校で非の打ち所なく育ちの良い少女たちと共に暮らすことで、オロールもまた、申し分なく洗練されることを祖母は期待した。

オロールは祖母の望みを喜んで受け入れた。パリには愛する母がいる……好きなだけ会うことができるだろう……。だが、ソフィー＝ヴィクトワールは、自分の気ままな暮らしが邪魔されることを恐れて、パリに戻ってきた娘にほとんど関心を示さなかった。

誰を愛し、誰を信じることができるのか……母の愛情に飢え、母からの優しい言葉を待っていた、一三歳のオロールは残酷なまでに傷つけられて、一八一八年一月一二日、フォセ＝サン＝ヴィクトール街の修道院付属の寄宿学校に

入った。

（告白文）

ああ！　ヴィレール神父様、私は何度もインクで汚したり、指でろうそくの芯を切ったり……不潔にしていることで教室のレディたちの眉をしかめさせました……公教要理の時間には眠って、ミサではいびきをかきました。あなたが美男ではないと言いました……今週、少なくともフランス語で一五回、英語で三〇回、言葉づかいの誤りをしました。ストーヴで私の靴を焦がし、教室にいやな臭いを充満させました……。

『わが生涯の歴史』

反抗的で手に負えない子どもであったり、いたずら好きの愉快な〈悪魔〉であった、最初の一年が過ぎた時、オロールは修道女の中でも際立って優れた、美しく、教養の高いマリ・アリシャ尼の〈娘〉になることを強く願った。少女は『聖者伝』を読み始めた。

ある夜、教会の中に入った。聖堂の銀の小さなランプの光だけが敷石の磨かれた大理石を照らしていた。暑さのために開かれた大きな窓から、スイカズラとジャスミンの香りが入ってきた……。

鳥が鳴いていた。考えたこともないほどの静寂、魅力、瞑想、神秘……。

私はすべてのことを忘れていた。私の中で何が

起きていたか、私には分からない。言葉で言い表せぬ甘美な空気を吸っていた。私は感覚よりも魂で呼吸していた。突然、何だか分からない衝撃が全身を走り、目がくらみ、一条の白い光が私の眼前を通り、私を包み込むように感じた。私の耳許で、「取りて、読め」と囁く声が聞こえたような気がした。私に話しているのはマリ・アリシャだと思って振り返った。誰もいなかった……私が望んでいたように、信仰が私の心を捕まえたと感じた。そのことにひどく感謝し、心を奪われ、あふれる涙が頬を濡らした。私が一度たりとも疑ったことのない、正義と優しさと神聖の、この理想を私の精神が選び取り、受け入れた神を愛しているのを

> 感じた……。
>
> （『わが生涯の歴史』）

オロールは神に仕える修道女になることを夢みて、「聖女テレサのように文字通り胸を燃やしていた。もはや眠りもせず、食事もせず、自分の体の動きに気づかぬままに歩いていた……」。オロールの回心を打ち明けられた、聴罪司祭のプレモール師は、真のイエズス会士らしく、「償いとして少女にその年頃にふさわしい無邪気な遊びや楽しみに戻ることを課した」。

少女は師の言葉に素直に従った。

後年、ジョルジュ・サンドは『わが生涯の歴史』の中で、修道院で過ごした日々を愛惜を込めて振り返る。

> この三年の間に、私の人格は、私がまったく予測できなかったほどの影響を受けた……
>
> 一年目、私はそれまでにもまして、手に負えない子供であった。私の愛情における一種の絶望、少なくとも無力感が、気晴らしをし、いたずらに有頂天になるよう私を駆り立てたからだ。二年目、私はほとんど突然に、燃えるように激しい信仰心に身を委ねた。三年目、私は穏やかで、揺るぎなく、明るい信仰の中にあった。

再びベリーへ

孫娘の少々、度を越した信仰心を不安に思ったデュパン・ド・フランクィユ夫人は、老齢から死が近づいていること

▲1818年頃のノアンの館
（M・ド・フレモンヴィル筆）

を感じもし、ノアンに呼び戻すことにした。

一八二〇年四月一二日、オロールは、家族の軋轢《あつれき》の中で疲れきった心にとって拠り所であった修道院を、胸の張り裂けるような悲しい気持ちで離れた。洗練され、気品ある立ち居振る舞いを身につけ、自己以外のものを愛することを学んで。

二年三ヵ月の都会の修道院生活の後で、オロールは再びベリー地方の美しい自然を目にした。春の明るい光に輝く田園、丁寧に鋤《す》かれた畑、小川の澄みきった水……そして、ともに野原を駆け回った幼なじみたち。

モーリスがかつて城館の下女に生ませた腹違いの兄のイポリットが乗馬の初歩を手ほどきし、四歳の雌馬コレットがオロールに与えられた。デシャルトルは少年のような格

▲ノアンの館の書庫

好で馬に乗ることを勧め、時折、遠出や狩に連れ出した。

病床にある祖母の世話をすることで、オロールは祖母の細やかな感情や、深い教養を知った。その蔵書から、パスカル、ボシュエ、ライプニッツ、モンテスキュー……ヴェルギリウス、ダンテ、シェークスピア……と貪欲な知識欲に駆られて、いわば手当たり次第に読み、吸収したが、とりわけ、ルソーに強い影響を受けた。ルソーの中に自然への愛、絶対的な平等と博愛を求める真の信仰を見出した。

身体の自由を失ったデュパン・ド・フランクイユ夫人はすべての権限を孫娘に委ねた。パリに所有する館や、農業知識を必要とする田園領地の管理……一六歳の少女には重すぎる責務であった。

加えて、修道院の友人たちから遠く離れた孤独感がその心をしめつけた……少女たちの華やいだ声はどこからも聞こえてこなかった……オロールは寂しく、単調な暮らしの中の〈自画像〉を友に書き送る。

イポリットが発ったので、文字通り私たちだけになってしまったわ。私は朝、遅く起きることで一日を短くするの。食事をして、時にはおばあ様と一、二時間、おしゃべりして、それから自分の部屋に上がって、時間をつぶします。ハープやギターを弾き、読書をするのです。暖炉の火にあたって、燃え残りの薪につばを吐き、思い出を反芻し、灰の上に火箸で文字を書き、それから、夕食のために降りて行くの……また部屋に上がって、緑色の手帳のようなものにいろいろな思いつきを書きつけているわ。（エミリ・ド・ヴィスムへ、一八二一年一月）

ここで送っている生活を詳しくは書かないわ。寂しくて、単調で、少しも面白いことがないのですもの。すっかり田舎の人間になって、どんな天候でも帽子をかぶらず、木靴を履いて、ベリーのひどい泥道を歩いたり、馬に乗って、出かけます。目的も喜びもないのに行ったり来たりしてるし、空腹でもないのに食べて、喉が渇いてもいないのに飲んでいるわ。悲しみを紛らわそうとして、寂しい心で、まるで動物のように暮らしています。

（アポロニ・ド・ブリュージュへ、一八二一年春）

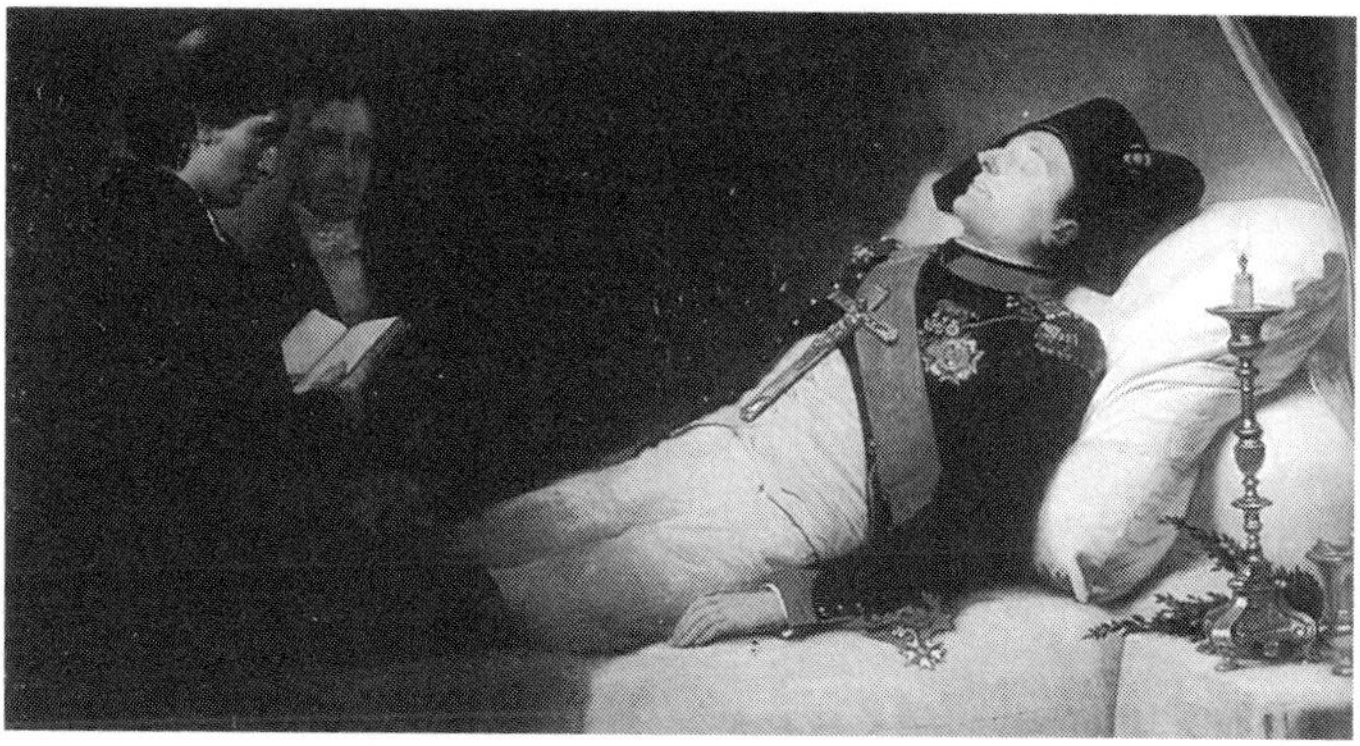

▲死の床につくナポレオン（J.-P. モゼース筆）

一八二一年五月五日、ナポレオン、大西洋の孤島セント＝ヘレナで没。

同じ年の一二月二六日、「明け方、クリスマスの鐘の音が聞こえる中で」、祖母は息を引き取った。

「お前は最良の友を失うことになるね」という言葉を残して。

オロールはパリにあるナルボンヌの館、ベリーの領地と城館、相当額の年金を相続したが、まだ未成年であった。祖母が遺言で、亡夫の孫に当たるシュノンソー城主ルネ・ド・ヴィルヌーヴを後見人に定めていたことが母ソフィー＝ヴィクトワールを激怒させ、自分こそ正当な後見人であると主張して、娘をパリに連れて出た。

一八二二年春、疲れ果てて、病的なまでの無気力に陥ったオロールは静養のために、ムラン近くのプレシ＝ピカールに住む、父のかつての軍隊仲間レティエ・デュ＝プレシ元大佐の家に滞在。

四月一九日、レティエ家の友人、カジミール・デュドヴァ

▲ノアンの農村の風景
（G・ララ筆）

▲夫カジミール（1795–1871）とオロール（F・ビアール筆）

ンに出会う。青年の父は帝政時代の地方貴族デュドヴァン男爵であった。

六月二日、オロールは緑色の手帳に、「夕べの七時か八時——信じられないほどの幸せ」と書きとめた。

六月一八日、母の反対を押し切って、カジミールとの結婚を決める。

ソフィー＝ヴィクトワールの後見を逃れることで、自由になるという夢を実現できると考えた。ナポレオン帝政の記念碑とも言うべき『フランス人民法典』が妻に強要する、もっと残酷な隷属の状態に陥ろうとしているとは想像もし

なかった。

夫は妻を保護する義務があり、妻は夫に服従しなければならない。(第二一三条)

八月二四日、夫婦財産契約書に署名。

九月一七日、パリ一区区役所およびサン＝ルイ＝ダンタン教会で結婚。カジミール、二七歳、オロール、一八歳。

一〇月一八日、陸軍大臣はデュドヴァン少尉の辞職を承認。

一〇月末、二人はノアンに居を定めた。

4

地方の若妻の物語

一八二三―一八三〇年

一八二三年、一九歳で長男モーリスを出産。読書や音楽に全く興味のない夫との生活に充たされぬ鬱屈した思いが募る。二八年には長女ソランジュを出産するが、やがて作家志望の青年ジュール・サンドーと激しい恋に落ちる。

息子の誕生

一八二三年六月三〇日、オロール・デュドヴァンはパリで男の子を出産。男の子は、もちろん、モーリスと名づけられた。

オロールとカジミールの結婚式が挙げられたサン＝ルイ＝ダンタン教会で、モーリスは七月二四日、洗礼を受けた。

私の人生の中でもっとも幸せな瞬間であった。すさまじいほどの痛みに続いた一時間ばかりの深い眠りから目を覚ました私は、私の寝台で眠っている小さな存在を目にした。この子のことを私はどれほど夢みていたことか……。（『わが生涯の歴史』）

オロールは赤ん坊に夢中になった。

モーリス・デュパンの、そしてオロールの家庭教師を務め、さらに、デュパン・ド・フランクィユ夫人の、いわば腹心の代理人であったデシャルトルは、領地の管理をカジミールに委ねてノアンを去った。

家長としてカジミールは以前からの使用人を解雇し、年老いて役に立たなくなった馬や犬を放り出し、広大な庭園を整備した。オロールが少女時代、夢想に耽っては孤独を慰めた茂みも消えた。

出会いから婚約、結婚へと急ぎすぎたきらいがあったに

▶モーリス・デュドヴァン（一八二三－一八八九年、L・カラマッタ筆）

（オロール筆）

しても、新婚の時期、オロールは確かに夫を愛し、幸せを感じていた。旅先の夫に愛情に満ちた手紙をせっせと書きもした。だが、善良で親切ではあるが無口で、狩猟や上質のワインが大きな関心事であり、せいぜい地方政治についてしか意見を持たぬ夫、知的で創造的な関係を結べぬ夫との生活は急速に色褪せていった。心の中に埋めるすべのない空洞ができ、この空しさを忘れようと再び読書に耽り、自分だけの世界に閉じこもる……夫との溝がさらに深くなる……。

　とはいえ、カジミールは妻に気晴らしをさせようと、一八二四年の春から秋には二人でプレシ＝ピカールのレティエ家、ついでオルメソンに滞在し、暮れから翌年の春までは、パリのフォブール＝サン＝トノレ街にアパルトマンを借りた。ここなら、社交的な生活を送ることができるだろう……この間、オロールは数日、懐かしいアウグスティヌス会修道院で祈りと瞑想の時を過ごしもした。だが、事態は一向に改善しなかった。

一八二四年一〇月二五日、サン＝ドニ大聖堂で行われたルイ一八世の葬儀にオロールは参列した。

日常生活の焦燥

一八二五年春。輝くような光に包まれたノアンに戻って来たが、単調で精神的高揚感のきわめて希薄な日々が再び始まり、言い知れぬ不安と焦燥感に悩まされ、オロールの健康状態は悪化した。動悸がし、頭痛に苦しみ、咳をした。結核にかかっていると心配された。カジミールは、保養のために、父の家からさほど遠くないピレネー山中の湯治場コトレに妻が滞在することに同意した。

七月以来の山の空気や、湯治場で知り合った若い仲間たちとの遠出で明るさを取り戻したオロールは一一月一五日、滞在先から、夫に宛てて、〈告白の手紙〉を書いた。二一ページに及ぶ長い手紙……農村ノアンでの単調で、精神的高揚感の希薄な生活に感じる焦燥、日常生活の一切をかなぐり捨てて真に生きたいという胸を突き上げる欲求……若さのゆえか、残酷なまでに率直な内面の吐露が、パリから遠く離れて地方に暮らす若い女性の虚無感に蝕まれた心を映し出す。

毎日、あなたと顔を合わせていることであなた

▶コトレの湯治場（J・ジャコテ筆）

のことが次第によく分かってきました。あなたの長所はひとつ残らず賞賛いたしました。私以上に愛情をこめてあなたを愛した人などいませんわ。

　でも、私はあなたが学んだり、読書することがお好きかどうか、あなたの意見や趣味や気質が私のものと一致しているかどうか知ろうとしませんでした……。

　あなたが音楽に対して少しも愛着をお持ちでないことが分かりましたので、私も音楽に夢中になることをやめました。ピアノの音にあなたは逃げ出しておしまいになるのですもの。妻への心遣いからあなたは本を読もうとされましたわ。でも、ほんの数行読んだだけで、退屈と眠気のために、あなたの手から本が落ちてしまいました。二人で文学や詩や道徳について語っていても、私の話している著者をご存知なかったり、私の考えを狂気だの、高ぶった感情だの、荒唐無稽だのとおっしゃるので、お話するのをやめました。これから先、二人の間にほんのわずかな関係さえ存在することはあり得ないだろうと思われて、真実の悲しみが忍び込んできました。私はこうしたつらい考えは注意深く隠しました。私は何もかもが嫌になり、たった一人で生きていくという思いにぞっとしました。あなたの趣味を私の趣味にしようと努めてみましたが、うまくいきませんでした。

……あなたはこんな私にお気づきにはなりませんでした……ノアンでの生活が耐え難いものになり、私はパリへ出て、気晴らしを求めました……楽しみはしましたが、少しも幸せではありませんでした……あなたを大切に思ってきましたわ。でも、ちっとも幸せではありませんでした。二人の間に内面的な繋がりもありませんでしたし、暖炉の傍らで心地よいおしゃべりをして過ごすこともありませんでした。私たちは全く理解しあってはいなかったのです。心の中に怖ろしいばかりの空洞が感じられ、私は一時間たりとも家で過ごすことができなくなりました。

その生涯を見たとき、母性愛の際立って強かったジョルジュ・サンドであったが、こうした満たされぬ、鬱屈した思いは、息子の誕生さえも、一時的にしか、紛らすことができなかった、と訴える。

息子が生まれ、喜びでいっぱいになって育てましたわ。でも、この心にしみる世話にもかかわらず、私の悲しみが薄らぐことはありませんでした。息子のために健康に気をつけ、悲しみを忘れようと努めました。でも、モーリスが乳離れをすると、途方もない倦怠感が私の心を捉えました……あなたに愛されていましたが、言い表すことのできない何かが私の幸福に欠けていたのです。

一八二八年九月一三日、ノアンの城館で第二子、誕生。女の子だった。ベリー地方の守護聖女にちなんでソランジュと名づけられた。待ち望んでいた女の子であったが、オロールがその生涯を終えるまで、この娘と真に優しい感情で結ばれることは決して多くはない。

▲ソランジュ・デュドヴァン（1828-1899、メルシエ筆）

カジミールの酒量が増し、領地の管理がおろそかになり、その飲酒癖につけいられて、詐欺師に騙されることが重なった。オロールはやがて破産することを怖れもしたが、家長たる夫が全権を握り、妻には自分の財産であれ、未成年同様、関与する権利がまったくなかった。夫婦の間に〈重い翼を持った倦怠〉が忍び込んだ。死にたいという欲求がたびたびオロールの頭をかすめる。

一八三〇年七月二五日、シャルル一〇世、七月王令を発布――出版の自由の停止、議会の解散、選挙法の改悪。七月二七日から二九日までの「栄光の三日間」、パリの民衆蜂起。七月革命始まる。八月二日、シャルル一〇世退位。

◀モーリスとソランジュ（N・メリエンヌ筆）

▲1830年七月革命、パリ市庁舎（J・ボーム、C.-L.モザン筆）

八月九日、ルイ＝フィリップが即位し、七月王政が始まる。大銀行家を頂点とする上層ブルジョワジーが支配階級として、社会の実権を握っていく。

パリの熱気が中部フランスにも伝わって来、若者たちの関心をいやがうえにも駆り立てていた七月三〇日、ル・クドレの城館での若者たちの集まりで、オロールはジュール・サンドーという名の一九歳の青年に出会った。パリで法律を学んではいるが、小説家を志していた。オロールはジュールの優しさに惹かれ、ジュールもたちまち激しい恋のとりこになった。二人は遠出をしたり、友人たちが見張り番を務める中で、庭園のあずまやで密会を楽しみもした。二人の無分別な行動は、当然ながら、人々の口の端に上った。

▲ジュール・サンドー（1811-1883）
（サンド筆）

▲オロール・デュドヴァン、1830 年
（C・ブレーズ筆）

……陰口が今までにないほどラ・シャトルの街で広まっています。私をあまり好きではない人々は、私が〈サンドー〉を愛していると言い、私を少しも好きでない人々は、サンドーとフルリー*を同時に愛していると言っています……。

（ブーコワラン**へ、一〇月二七日）

*ジョルジュの生涯を通じての友人。弁護士、銀行家。一八四八年には政治に関与。一八〇九―一八七七年。
**オロールの息子モーリスの家庭教師、同時にオロールの腹心、いわば執事の役を果たした。一八〇八―一八七五年。

5

〈自由〉を求めた女性の物語

一八三〇―一八三二年

屈辱的な夫の遺言書を発見し、単身パリへ。一八三二年、二八歳で処女作『アンディアナ』を発表、自らのペンで生活費を稼ぐ生活を始める。その頃「芸術家の日々、万歳！われらが信条は〈自由〉なり！　です」と友に書き送る。

夫の遺言書

一八三〇年一一月、オロールは夫の事務机の中に偶然、自分宛の遺言書を発見した。「死後にのみ開封すること」と表書きがあった。だが、もちろん即座に開封した。

何という遺言書だったことでしょう！　初めから終わりまで呪いの言葉でした！　私に対する恨みや怒りの感情のありったけをぶちまけ、私の背徳を一つ残らず数え上げ、私の性格に対するあらゆる軽蔑の感情が寄せ集めてありました。夫はこんなものを愛情のあかしとして私に残したのですわ！　私はこれまで目を閉じていました。自分が

軽蔑されているのを見たくなかったからです。眠っていたような気がします。でも、この遺言書を読んで、ついに眠りから引きずり出されました。妻に対して尊敬の気持ちも信頼も抱いていない夫と暮らすことは死んだ人間を甦らせようとするようなものだと思いました。直ちに決心がつきました。最終的に、と申し上げますわ。私はまだ病がすっかり癒えてはいませんでしたが、一日たりとも猶予せず、決意を宣言しました。「私に年金をください。私はパリに出ます。もう戻ってはまいりません。子供たちはノアンに残していきます」。ご想像通り、これは見せかけの言葉です。子供たちを見捨ててしまう気持ちなど私には微塵もありません

▶二七歳の頃の自画像（一八三一年）

もの。どんなことも私の決心を覆しはしないことを夫に宣告したかったのです。

（ブーコワランへ、一二月一日）

この時期、夫が在宅していながらも、サンドーとの逢引に胸を震わせていたオロールを知っている者にはここに見られる厚顔なまでの自己弁護、偽善に驚かされもするが、ともかく、夫との激しい口論の末、一年のうち六カ月をパリで過ごす許可を手に入れた。原則的に夏と冬をパリで、春と秋をノアンで暮らし、生活費は夫が毎月、夫婦の財産から支払うという条件であった。この財産は主としてオロールが相続した遺産であったが、この時代、管理は夫のみに許されていた。夫との主従関係を確立する結婚制度をはじめとして、地方特有の因習と偏見といった、精神的自由を束縛するあらゆるものからの解放を求めて、一八三一年一月四日、オロールはノアンを発った。凍りついたでこぼこ道を郵便馬車で行く旅は、この時代まだ危険と隣り合わせであった。

つつがなく、疲れもせず着きました。郵便馬車の乗客は私だけでした。横に寝ましたが、御者がまるで荷物のように秣《まぐさ》と大きな羊の皮をかけてくれました。枕代わりにした袋の中にはトリュフを添えた七面鳥が三羽入っていましたわ。

（夫へ、一月八日）

娘の行動にびっくりしている母親に書き送る。

私がパリに何をするためにやって来たか、おたずねなのですね。皆と同じことですわ。気晴らしをして、楽しんで、輝くばかりの芸術にひたってみたいのです。美術館を見て回り、時には芝居に出かけ、デッサンを習っています。こんなことに忙しくて、ほとんど誰にも会っていないほどです……少しばかり、自分のために生きてみたいのです。今がその時ですわ。モーリスには立派な家庭教師を見つけました。少なくとも二年間は傍にいてくれることになっていますから、少し自由になりましたの。
（母へ、一月二一日）

パリでの生活

セーヌ河に面したサン・ミシェル河岸の、途中で息が切れてしまうほどの階段を上りつめた六階の屋根裏部屋が、オロールの新しい住まいであった。彼女の周りに、たちまちのうちに、志を立ててパリに出てきたベリーの陽気で、誠実で、聡明な若い学生たちの輪ができた。「太鼓腹のバルザックもよじ登り、息を切らしてたどり着き、笑い、とめどもなくしゃべり」、陽気でにぎやかな活力で小さな部屋を充たした。彼らと共にオロールは人生や芸術や革命や未来を語り、沸き立つようなパリの喧騒に身を任せた。

この時代、首都は七月革命直後の政治的状況ばかりでなく、文化的にもロマン主義の大きなうねりの中にあり、ヴィクトル・ユゴーやアレクサンドル・デュマ・ペールが喝采を浴びていた。ユゴーは『ノートル・ダム・ド・パリ』を出版し、女優マリ・ドルヴァルの演じるデュマの『アント

▶マリ・ドルヴァル（一七九八－一八四九年、L・ノエル筆）

ニー』は観客を熱狂させた。オロールは男の格好をして友人たちと平土間に陣取った。

〈男装してパリの街を闊歩するジョルジュ・サンド〉の姿は、当時の風刺画にも一度ならず登場し、後世にまで伝えられることになったが、オロールが男装することを思いついたのは何よりもまず、出費を抑えるためであった。少なくとも、自伝で語っているところによれば。雨の多い冬のパリはぬかるみだらけだから。

パリの石畳を歩く私の格好はまるで氷の上を進む船のようであった。華奢な靴は二日で壊れてしまうし、木靴は私を転倒させる。私は服を持ち上げる術を知らなかった。私は泥だらけになり、疲れ果て、風邪を引いた。そして、樋から流れ落ちる水を浴びるビロードの帽子はいうまでもなく、靴や衣服がすさまじい速さで使い物にならなくなった……そこで私は灰色のラシャ地でフロックコート、同じようなズボンとチョッキをこしらえた。灰色の帽子をかぶり、ウールの大きなネクタイをすれば、どこから見ても私は小柄な一年生の学生であった。ブーツを履くことがどれほど嬉しかったか、言葉にならないほどだ……私はパリを隈《くま》なく駆け回った。衣服を気遣う必要はまったくなかった。どんな天候の時でも歩き回った。どれほど遅い時間にも帰ってくることができた。どの劇場でも平土間で観ることができた。誰一人、私

▲右の人物が学生の格好をしたジョルジュ・サンドと思われる
（ガヴァルニによるリトグラフ）

に注意を払いはしなかったし、私の変装に気づくこともなかった。

『わが生涯の歴史』

……私の手許にはありとあらゆる請求書がたまっています。でも私の楽しみのためには一スーだって使っていないこと、それに買い物も、最低限必要なものしか求めていないことが容易におわかりになりますわ。この三日間というもの、わずか五フランで暮らしている有様ですから、錠前と飾り衝立の支払いは明日に延ばしていますの。手短に申し上げれば、こうしたことはすべてあなたの力で防げましたのに。確かなことは、どれほど節約しようとも、物乞いするか支払うか、二つに一つですわ。私に残されているのは、窓の真向かいにある死体公示所《モルグ》だけです。ここでは二〇フランが無くて死んだ人々が毎日のように見られます……明日、どうすれば夕食を取ることができるのか私には分かりません。確かなことは兄の許にはパンを乞いに行かないということです。そして、同様に確かなことは他の人と同じように私にも胃があるということですわ。

（夫へ、一八三一年七月二〇日）

ペンで生活費を稼ぐ

おどけた口調で夫に不如意をかこってはいるが、夫からの月々の送金だけではパリでの生活が不可能なことはすぐにはっきりした。夢見た〈自由〉を確保するには自ら働かなければならないことを悟ったオロールは、扇子の絵付けや煙草入れの装飾、肖像画の制作といった女性向けの手仕事を試みてみたものの、期待した儲けには程遠いもので、早々に諦めた。そして、思いついたのが、少女時代からたしなんでいた文章を書くことであった。

ノアンで筆のすさびに書いたものを携えてオロールが面会した文壇人は、代議士でもあるケラトリ伯爵と、辛辣な批評家で聞こえたド・ラトゥシュであった。

『わが生涯の歴史』での回想によれば、この代議士はオロールが文筆で生活の資を得たい希望を最初に打ち明けた一人であった。

「あなたはお書きになりたいということですな……だが、手短に言って、率直なところ、女は文章など書くべきではないのです」「それがあなたのご意見であれば、私たちが話し合うことは何一つありませんわ。この教訓を拝聴するために、ケラトリ夫人と私がこんなに朝早く、起きる必要はありませんでしたわ」私は立ち上がり、部屋を出た。

怒っていたからではない。憤慨するより、笑い出したかったからだ。ケラトリ氏は控えの間まで私について来、私を引き止めて、女性の劣等性、最も聡明な女性でさえも優れた作品を書くことの不可能性についての彼の理論を展開した。私が相変わらず少しも反駁せず、一言も言わずに立ち去ろうとするのを見て、彼は私を打ちのめすはずの、ナポレオン風の言葉で演説を締めくくった。私が彼の聖域の最後の扉を開けている時、重々しくこう言ったのだ。「私の言葉を信じられるがいい。書物など作らずに子供を作ることですな」「まったくですわ。あなたご自身でその立派な教訓をお守りくださいませ」と、私はふきだしながら言って、彼の鼻先で扉を閉めた。

会見の喜劇的顛末は、二〇年という歳月の流れの中で、いつの間にか誇張されて記憶に刻まれてしまったのか、あるいは女性の生来の劣等性を主張する人間を笑うために故意に作り上げた話なのか？　いずれにしても、ケラトリとの関係はこれ以上進展することはなく、切望していた文壇での庇護も得られなかった。

ド・ラトウシュはオロールの試作を「救いようのない代物」と辛辣に批評はしたものの、作家としての素質を見抜き、また、経済的不如意を見て取って、彼が七月革命後、買い取っていた小さな風刺新聞『ル・フィガロ』紙に記事を書くよう勧めた。

▲ジョルジュ・サンドの戯画《こっけいな鏡》
（A・ロレンツ筆）

生活しなくてはなりません。そのために最悪の仕事についていています、つまり、『ル・フィガロ』紙に記事を書いているのです。これがどんなことだか、あなたがご存知だったら！　でも、ド・ラトゥシュは一段につき七フラン払ってくれます。このお金で飲んで、食べて、芝居にさえ出かけていますわ。これは私にとってこの上なく有益で、この上なく面白い観察の機会です。文章を書こうとする時は、あらゆることを見て、知って、笑い飛ばさなければなりません。ああ！　芸術家の日々、万歳！　われらが信条は〈自由〉なり！ですわ。（ブーコワランへ、一八三一年三月四日）

74

どうやら『ル・フィガロ』紙に記事を書くことで私は非難されているようですが、そんなことに頓着するつもりはまるでありません。生きていかなければなりません。それに、自分のパンを自分で稼ぐことが誇らしいのです。『ル・フィガロ』紙はその手段に過ぎません。（ブーコワランへ、三月七日）

一八三一年春、末端とはいうものの、ともかく貴族階級に属する若いオロール・デュドヴァン男爵夫人はジャーナリズムの世界に足を踏み入れた。切望してきた自由を失うまいとする不屈の意思のもと〈自らのパンを稼ぐ〉ために。

子供たちから遠く離れているのはとても辛いことです。でも悲嘆に暮れるようなことではありません。あと一ヵ月もすればノアンに帰って、子供たちをこの胸にしっかりと抱きしめることができますもの。その日までは働かなくてはなりません。

時々目にするおぞましさ、怠け心や疲れのために仕事がおろそかになる日々、そして今、ここパリで送っている質素を通り越した暮らしにもかかわらず、これまでにもまして文学の道を進む決意です。これからの生活は充実したものになりますわ。目的と仕事、率直に言えば、〈情熱〉がありますもの。書くという職業はその情熱が一度、乏しい頭脳をとらえてしまうと、それは激しく、ほとんど不滅のものになります。抑えることなどもう不可能な情熱です。

(ブーコワランへ、三月四日)

『アンディアナ』で文壇へ

この年の一二月、ジュールと二人で書いた五巻の長編小説『ローズとブランシュ』を、J・サンドと署名して出版。

▶ジュール・サンドーとの共著『ローズとブランシュ』(サンドが初めて世に出した本。一八三一年初版の表紙)

なかなかの売れ行きであった。

一八三二年一月初旬から四月の初めまでをノアンで過ごしたオロールは、一人で書いた新しい作品の原稿を携えてパリに戻ってきた。

そして五月、『アンディアナ』がG・サンドのペンネームで発表された。

ヒロインのアンディアナは、インド洋上の植民地ブルボン島で、父の経営する農園で働く奴隷に囲まれて成長。粗野で乱暴な、産業資本家との意に添わぬ結婚に挫折し、絶対的な愛を求めてさまよう……みずみずしくも大胆な情熱賛歌。

透徹した人間観察に基づく繊細な心理分析、力強い筆致による社会や風俗のすぐれて写実的な描写、悲劇的事件が

次々と積み重なっていく巧みな構成、そして異国情緒豊かな恋物語の背後からまぎれもなく聞こえてくる、結婚制度や社会の偏見の幾重もの鎖につながれた女性のいわば隷属状態からの解放の叫び。

華奢で、今にもくずおれそうでありながら、一個の人間としての尊厳だけは、どれほど罵られようとも守りぬこうとするアンディアナの強い意思は夫のデルマールはもとより、夫たるもの妻に対して絶対の権利を持つと、否、その権利を神より与えられていると信じて疑うことのなかった一八三〇年代の男性たちを驚愕させ、苛立たせた。

「私が奴隷で、あなたが主人だということはよく分かっていますわ。この国の法律があなたを私の

主人にしました。あなたは私の体を縛り、私の両手をがんじがらめにし、私の行動を支配することがおできになりますわ。あなたには社会が認めた強者の権利がおありです。でも、私の意志に対してはあなたは何一つおできになりません。」

INDIANA

CETTE première manifestation du merveilleux talent de George Sand est devenue un type bien exploité depuis; mais la délicieuse et poétique créole est restée inimitable. C'est comme un paysage de Claude Lorrain, un portrait de Raphaël, que nous pouvons retrouver dans la nature, mais que l'art essaierait en vain de reproduire. Aussi n'avons-nous d'autre prétention que d'inspirer le désir de la connaître.

L'auteur nous présente Indiana à dix-neuf ans, toute faible, toute brisée déjà, non pas comme la femme incomprise : elle ne s'est pas inquiétée de se révéler à ceux qui l'entourent; d'ailleurs elle s'ignore elle-

▶『アンディアナ』

「あなた方はご自分たちが世界の主人だと思っておられます。でも、あなた方は世界の圧制者にすぎないと私は思っていますわ。あなた方は神がご自分たちを保護し、地上の主権を強奪することをお許しになったと考えておられます。でも、私は神がそれを許しておられるのもわずかな間で、神の息吹がまるで砂粒のようにあなた方を吹き飛ばす日が来ると考えていますわ。」

（『アンディアナ』）

発表後、直ちに大きな反響を呼び、作者探しが文壇や社交界を賑わした。「一体誰がこれほど美しく、大胆な作品を書くことができたのか？」

一九世紀ヨーロッパで最も喧伝されることになる女性のセンセーショナルな文壇登場であった。ペンネームに選んだ〈ジョルジュ〉は、「ベリー地方の人」と同義語に思われたからだと、後年、『わが生涯の歴史』で述べている。

（夫の母は）なぜこんなに長い間、夫と離れてパリにとどまっているのかと私にたずね、私は夫がこれを好ましいと思っているからだと答えた。「ところで本を出版するつもりだというのは本当ですか？」「ええ、その通りですわ」「おやまあ！なんて妙な考えでしょう！」と夫人は大声を上げた。「ええ、その通りですわ」「まったくですよ。

でも、その本の表紙によもや、私の名を印刷するようなことはないでしょうね？」「まあ！とんでもありません、心配御無用ですわ」……表紙に印刷する名前について私はほとんど気にしていなかった。とにかく本名を明かさないことに決めていた……ベリー地方の人と同義語であると私に思われたジョルジュという名をすぐに、思案もせずに選んだ。

同じ年の一一月に発表された第二作『ヴァランティーヌ』でも不幸な結婚をした若い女性の心理を見事に描き出し、文壇の名声が確立する。貴族階級の若い女性と小作人の息子の物語はベリーの美しい〈黒い渓谷〉で展開する。

だが、一八三二年は不気味な年でもあった。コレラが流行して二万人を超えるパリ市民の命を奪い、霊柩車が街に溢れ、さらには、一度に一〇個ばかりの棺を運ぶ引っ越し用の家具運搬馬車が途絶えることなく続いたと、当時の記録が伝えている。オロールも軽症ではあったが、罹病した。

> この伝染病は貧しい者も金持ちも、老いも若きも、臆病者も勇気ある者も差別なく、至るところでなぎ倒しています……新聞は死者の数を半分に減らして伝えています。私の治療をしたパリ市立病院の医者によれば、報告されている一万人ではなく二万三〇〇〇人とのことです。街に出るとたちまち何十もの霊柩車や、手で運んでいる担架や棺に出会います。もう車が足りないからですわ。パリの様子はひどく陰うつです。それでも、パガニーニは一年のうちで最も快適な季節のようにオペラ座をいっぱいにしています。
>
> （夫へ、一八三二年四月二二日？）

オロールの感情生活も幻滅に充ちたものであった。まばゆいばかりに輝いていたはずのジュール・サンドーとの恋愛は、ジュールの行きずりの情事が露見したことで終わった。屈辱的な別れであった。

文壇に乗り出して後、またたくまに有名作家となり、一八三二年一二月には、『両世界評論』誌の編集長フランソ

▲『レリア』の挿画（ドラクロワ筆）

ワ・ビュロと契約を結び、定期的に寄稿することを取り決めていたオロールは、愛を否定し、神への信仰を見失った女性レリアの苦悩する魂の叫びを余すところなく写し取った『レリア』を発表。人間存在に対する絶望的なまでの問いかけにみちたこの不思議な小説は、自らの内面の赤裸々な告白であった。

「この本を通してあなたは私の魂の奥底まで、そしてあなたの魂の奥底まで入りこまれることでしょう」とオロールは友に書き送った。

6

〈ヴェネツィアの恋人たち〉

一八三三—一八三五年

一八三三年、二九歳。文壇の寵児ミュッセとの、文学史上最も有名な〈ヴェネツィアの恋〉。旅先のヴェネツィアから始まる愛の陶酔と歓喜、裏切り、苦悩、絶望、そしてまた歓喜……幾度もの別離と交歓を経て、ついに永遠の別れ。

文学界の寵児ミュッセ

一八三三年夏、『両世界評論』誌の編集長ビュロが寄稿者たちのために催したフロレスタン・ボネール亭での晩餐会で、オロールの席は若さと美貌と溢れ出る才気で名声をほしいままにしている詩人アルフレッド・ド・ミュッセの隣りであった。一九歳で詩集『スペインとイタリアの物語』を出版。戯曲『盃と唇』や『乙女らは何を夢みる』はあちこちの文学サロンで朗読されていたし、一ヵ月前には、『両世界評論』誌に『マリアンヌの気まぐれ』を発表したところであった……。

二三歳。ブロンドの髪。ビロードのフロックコートにスカイブルーのぴったり合ったズボンという流行に倣った装

い。サロンの寵児の名にたがわぬ洗練された雰囲気をかもしだす。彼は隣の女性の〈黒いビロードのような大きな目〉、漆黒の長く豊かな髪、くすんだ色の肌に強く惹かれる。

多くの知的な共通点が、初めて言葉を交わした時から二人を近づけた。

アルフレッドの父、ミュッセ子爵はとりわけ文学に造詣が深く、一〇年を費やしてルソーの全二二巻という記念碑的な『全集』を出版し、さらに『ジャン＝ジャック・ルソーの生涯と著作』を著してもいた。ジョルジュの父方の祖父母はルソーの庇護者であったし、ジョルジュ自身、ルソーの〈精神的な娘〉と評されるほど、熱心な信奉者であった……。

数日後、アルフレッドから短い言葉を添えて一篇の詩が

▶アルフレッド・ド・ミュッセ（推定）

届けられた。

『アンディアナ』のある章、つまり、ヌンが女主人の部屋でレイモンを迎える章を読み直して、今しがた書いた数行の詩をお送りさせていただきます。この詩を私に書かせた心からの深い感動をあなたに表明する機会となるのでなければ、つまらぬ詩ゆえ、お目にかけることをためらったでありましょう。

サンド、君がこれを書いたとき、
どこで目にしたのか
肌もあらわなヌンが　アンディアナの

褥でレイモンと陶酔している
　このおそろしい光景を？
誰が君に書き取らせたのか、
恋が　夢想でたたえられた幻想を
震える手で　空しく求めている
　この燃えるような一節を？
君の心にはその悲しい経験があるのか？
レイモンが感じたことを
　君は思い出したのか？
そして　漠とした苦しみの
　これらすべての感情と
幸《さち》うすく、途方もない空虚にみちた
　この快楽を

君は夢みたのか、ジョルジュ、
　それとも　思い出しているのか？

文学界の寵児となりながらも、心に巣食う虚無感のために放蕩に明け暮れ、この時まで彼が知り合った女性たちの多くは高級娼婦や売春婦であった。初めて彼は激しい感情を抱いた。

大切なジョルジュ、今朝、あなたの美しい黒い瞳が僕の脳裏から離れませんでした。ひどく拙いものですが、あなたの友人たちが、そしてご本人のあなたがそれと分かるかどうか知りたくて、好奇心から、この素描を送ります。
(七月二四日)

▲扇子を持つジョルジュ・サンド（ミュッセ筆）

大切なジョルジュ、愚かで滑稽なことをあなたに言います。……僕はあなたに恋をしています。初めてお宅に伺った日からそうだったのです。

（七月二五日）

愛をそしってみることもありますが、この世に愛ほど美しく、神聖なもののないことが今の私にはよくわかっていますわ。（サント＝ブーヴへ、八月三日）

今度こそ本当に真剣にアルフレッド・ド・ミュッセに恋しています。この恋は気まぐれではありません。真摯な愛情です……私の心を酔わせる純真

◀パイプをふかすジョルジュ・サンド（ミュッセ筆）

さと誠実さと優しさを見出しました。これこそ青年の愛情であり、仲間の友情ですわ。これまで一度も経験したことのない愛です。幸せです、私のこの幸せを神に感謝してくださいな。

（サント＝ブーヴへ、八月二五日）

絶望したり、死を選ぶ危険はもうありません……私は幸せです。とても幸せですわ。日毎に彼に惹かれて行きます。

（サント＝ブーヴへ、九月一九日）

詩人ミュッセとの愛は、生きることへの癒しがたい倦怠感の底に沈み、命を絶つことさえ望んだジョルジュに再び、愛することの、生きることの喜びを与えた。

▶シャルル＝オギュスタン・サント＝ブーヴ（一八〇四―一八六九年、ドゥマリ筆）

『レリア』の中で私は人間の本性と神を呪いました。でも善良な神は私にみずみずしい心をお返しになり、崇高な喜びを感じることができるのも神の御心ゆえと私に認めさせて、呪いの言葉を吐く私の口を閉じておしまいになりました。

（サント＝ブーヴへ、一〇月八日）

二人はモーリスとソランジュを連れてよくリュクサンブール公園に出かけ、子供たちの遊びに笑い興じた。素描の得意なアルフレッドは、長いドレスにリボンをあしらった帽子をかぶり、広い並木道で子供たちの手を引いているジョルジュの姿をスケッチする。

ヴェネツィアへ

イタリアは二人が好んで話題にした、〈夢〉の一つであった。タッソ、ダンテ、カサノーヴァ……イタリア音楽……イタリア絵画……そして何よりもバイロンの謳ったイタリア。二人は日常生活を逃れ、屋根裏部屋に集まるにぎやかな友人たちやゴシップ好きの人間から逃れて、自由で静かな生活をするために、加えて創造のインスピレーションを得るために、イタリアに旅立つことに決めた。

ジョルジュはビュロに五〇〇〇フランという大金の前払いを求め、構想中の小説『ジャック』の出版に関して契約を結んだ。

▲アルフレッド・ド・ミュッセ（1810–1857）

〈……ビュロはデュドヴァン夫人に、『ジャック』の初版に対し五〇〇〇フラン支払うものとする。そのうち四〇〇〇フランは現金で夫人がイタリアに出発する際、支払う。残り一〇〇〇フランについてはジェノヴァ、あるいはそのほかの地のデュドヴァン夫人に翌一月中にビュロが送金するものとする。……〉

▲2人の子供を連れたサンド（ミュッセ筆）

ジョルジュは翌年五月中に原稿を渡すことを約束して、一二月九日、四〇〇〇フランを受け取った。

一二月一二日夕刻、凍えるように冷たい霧が街を包み込んでいる中、二人はリヨン行きの乗合馬車に乗り込んだ。書物、絵の具、絵筆、楽譜、執筆のための多くの資料が詰まった重い荷物を携えて。

リヨンからアヴィニョンまでローヌ河を下った。小説『赤と黒』で七月革命前夜のフランス社会を描き出した、スタンダールも同船していた。任地チヴィタ＝ヴェッキアへ戻るところであった彼はアヴィニョンの街の案内役を買って出た。
マルセイユからジェノヴァに向かう船上で始まった、激しい下痢をともなったジョルジュの病気に、旅は予想だにしなかった展開を見せる……ジェノヴァの古い街やピサの斜塔、ドゥオモ（大聖堂）を訪ねるが、耐え難い腹痛と高熱に打ちのめされたジョルジュは異国の風景を楽しむことができない。病気の影がお互いの魅力を色あせたものにする……。

それでも私は旅を続けた。痛みはなかったが、震えと無気力と半睡状態で次第に鈍くなり、ほとんど無感動でピサとカンポ・サントを目にした。どちらに向かうかさえどうでもよくなった。ロー

◀船上のミュッセとジョルジュ（ミュッセ筆）

マにするか、ヴェネツィアにするか決めるためにコインを床に投げたが、一〇度、ヴェネツィアにする表であった。

私はそこに運命を見、フィレンツェを経由してヴェネツィアに向かった。

『わが生涯の歴史』

アルフレッドは、水と大地が溶け合って比類のない美しさを見せているヴェネツィアをジョルジュにもまして熱望していた……。

赤く染まるヴェネツィアに
一艘の舟とて動かず
一人の釣り人とて水面になく

いさり火もない。

砂浜にただ独り坐し
大いなるライオンが持ち上げる
澄み渡った水平線に
その青銅の脚を

ライオンの周りに
大船小舟がむれをなし
輪になって眠る鷺にも似て

…………

と、一九歳のとき、まだ一度として目にしたことのないこ

▲ジョルジュ・サンド（ミュッセ筆）

の街への憧憬を謳った。

ヴェネツィアへの道はフィレンツェを経由する。二年前、ジョルジュはヴァルキ*の大著『フィレンツェ史』から着想を得て、一六世紀のフィレンツェを舞台に、アレッサンドロ・デ・メディチの暗殺を主題にした『一五三七年の陰謀』の草案を作った。そのままになっていたこの草案のことをパリでアルフレッドに話し、戯曲を書くよう勧めた。旅立つ前に、彼は五幕の散文史劇『ロレンザッチオ』を完成させた。

シェークスピアに比肩する、ロマン派史劇の最高傑作と評されるこの戯曲が、サラ・ベルナールのロレンツォ役で初演されるのは一八九六年のことである。

▶ジョルジュ・サンド（ミュッセ筆）

フィレンツェに到着した二人は真っ先に、ミケランジェロの彫刻が施されたメディチ家の墓のある礼拝堂を訪ねる。

月明かりの、凍てつくような夜、かなり快適な四輪馬車でアペニン山脈を越える。明るい黄色の制服を着た二人の憲兵が彼らを護衛した。

一二月三一日の真夜中、二人は黒く長い、疲れきったジョルジュにはまるで棺のように思われたゴンドラでヴェネツイアに着いた。幾度となく語り合った、彼らの夢の中では、彼らの憧憬の中ではまぶしいほどの輝きを放っていたヴェネツイアが今、冷たい霧の中に沈んでいた。

不運にも、数日後、ジョルジュは再度、発病し、二週間、床に伏す。退屈したアルフレッドはキャバレーやカフェを

＊イタリアの歴史家。コシモ・デ・メディチに委託され、一五二七―一五三八年のフィレンツェ史を叙述。一五〇三―一五六五年。

うろつき、賭博場に通い、ヴェネツィアの娼婦たちを相手にかつての放蕩者の習慣を取り戻す。二人の間に口論が繰り返される。
もっとも、二人でアカデミア美術館を訪れ、バイロンの思い出に満ちたリド島を散策し、歓喜を共にすることもあった。

ジュデッカ島のサン＝ブレーゼで
あなたは、あなたはとても幸せだった
ジュデッカ島のサン＝ブレーゼに
僕らは確かに行ったのだ。
だがあなたはそのことを

思い出してくれるだろうか？
だがそのことを思い出して
再び　行ってくれるだろうか？

ジュデッカ島の　サン＝ブレーゼで
花咲く野原でクマツヅラを摘むために
ジュデッカ島の　サン＝ブレーゼで
いのちの限り　暮らすために

（ミュッセ「歌」）

ゆっくりと訪れたジョルジュの回復。
だが、アルフレッドは次第に疲れ果て、苛立ち、粗暴で嘲笑的な態度を取る。そして、今度は彼が発病し、一七日

▲ヴェネツィアの町（デルペシュ筆）

間、半ば昏睡状態に陥り……高熱とともに錯乱の発作に見舞われる。ジョルジュは、自分が診察を受けたイタリア人の医師ピエトロ・パジェッロを呼ぶ。片時もアルフレッドの傍から離れず、徹夜で看病する。パジェッロも夜遅くまで彼女に付き添う。二月七日から八日にかけての夜、六時間におよぶ錯乱が詩人の心に恐ろしい幻覚を生み出し、アルフレッドは素裸で、大声でわめきながら部屋中を駆け回った……。

一八三四年二月一三日、アルフレッドが危機を脱し、ジョルジュはビュロに早急に送金してくれるよう書き送る。安堵の気持ちが行間に滲み出る。

アルフレッドは助かりましたわ……発疱《はっぽう》薬がと

▲《ゴンドラ──ヴェネツィアの思い出》（サンド筆）

てもよく効きました。もう何の心配もないと医者は言います……仕事を遅らせる口実を私が探しているなどとお思いにならないでください。ここ八夜、服を脱いでいませんの。いつでも起き上がれるようにソファーで眠っています……お金がないままに私を放っておかないでくださいな。この先、どうなるか分かりませんもの。ありとあらゆる種類の薬に毎日二〇フラン支払っています……一日に三度往診し、夜もしばしば彼の傍で過ごしてくれる二人の医者にも支払わなければなりません。おまけに、この費用のかさむ宿に釘付けにされたままです、引き払おうとしていた矢先でしたのに……。

アルフレッドをパリまで送って行き、それから、私には借金という財産があるばかりですから、直ちにベリーに三、四ヵ月引きこもって、猛烈に働きますわ。そして、約束どおりの期日までに『ジャック』をお届けします。それから、ヴェネツィアを離れる前にあなたの雑誌に掲載できる中篇小説をお送りします……。

医師パジェッロ

イタリア人の医者パジェッロは次第に二人に、とりわけジョルジュに惹かれて行く。

　ジョルジュ・サンドは私とともに、彼の枕元で、夜を徹して看病した。この徹夜の看病の間、われわれは言葉を交わした。ジョルジュ・サンドが私に見せた優雅さ、気高い精神、心地よい信頼は私の気持ちを、日を追うにつれ、時間を経るにつれ、よりいっそう、彼女に結びつけた。われわれは文学や詩人たちや、イタリアの芸術家について、ヴェネツィアの歴史や記念建造物や風習について語った。

（パジェッロ「日記」）

二人の信頼が情熱的な愛情に変わるのに時間はかからな

▲ピエトロ・パジェッロ（1807-1898）

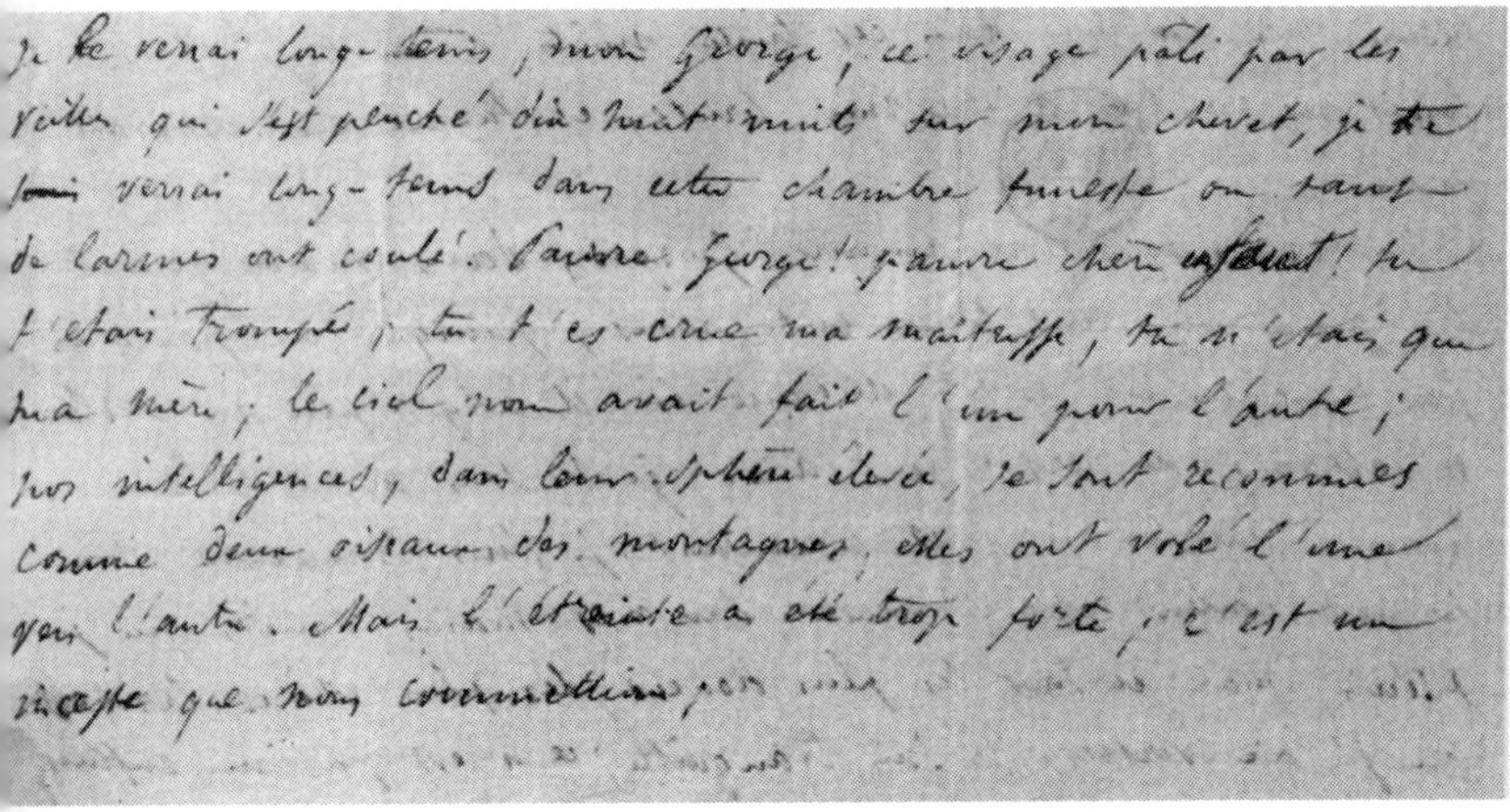
je te verrai long-temps, mon George, ce visage pâli par les veilles qui s'est penché dix-huit nuits sur mon chevet, je te verrai long-temps dans cette chambre funeste où tant de larmes ont coulé. Pauvre George! pauvre cher enfant! tu t'étais trompé; tu t'es crue ma maîtresse, tu n'étais que ma mère; le ciel nous avait fait l'un pour l'autre; nos intelligences, dans leur sphère élevée, se sont reconnues comme deux oiseaux des montagnes, elles ont volé l'une vers l'autre. Mais l'étreinte a été trop forte, c'est un inceste que nous commettions

▲ミュッセからサンドへの手紙（1834年4月4日付）

い。嫉妬深いアルフレッドがたちまち疑いを抱く。そして〈たった一つの紅茶茶碗事件〉。「僕は目を凝らしてテーブルを見た。茶碗が一つしかなかった。二人は愛人だった！もはやいささかの疑いもなかった。もうたくさんだ」と、アルフレッドは後に自伝的小説『世紀児の告白』に綴るだろう。

アルフレッドは帰国を決意する。

君が通り過ぎた僕の人生の轍《わだち》の中に純粋でないものは何一つ残りはしないと、君を自分のものにしている時には君を敬うことができなかった男が今、涙を流しながらよく分かったと、君の面影が決して消えることのない心の中で君を敬うことが

▶ジョルジュ・サンド（ミュッセ筆）

できると、どうしても君に伝えたい。（三月二七日）

こんな風にお発ちにならないでください！ まだ十分に回復なさってはいませんわ。それにビュロはまだアントニオの旅に必要なお金を私に送ってきていないのですから。たった一人で発っていただきたくないのです。ああ、どうしてけんかをするのでしょう？ 私はいつも変わらず兄のジョルジュ、昔の友ではないのでしょうか？（三月二七日？）

三月二九日、アルフレッドはヴェネツィアを発つ。ジョルジュをパジェッロに託して。ジョルジュはメストレまでアルフレッドを送り、悲しみに沈んでヴェネツィアに戻る。

アルフレッドのいないヴェネツィアはジョルジュの目にかつての輝きを失い、パジェッロとの生活に垣間見たきらめく幸福も急速に薄れて行った。ヴェネツィアの夏の暑さが重苦しさを増す。加えて、フランスからの送金が滞り、経済的不安にたえず付きまとわれながらペンを走らせ続ける……『アンドレ』、『ある旅人の手紙　第一信—第四信』、『レオーネ・レオーニ』、『ジャック』……。

ジョルジュは異郷の地で日を追って神経をすり減らして行く。

帰国することを決め、七月二四日、パジェッロとともにヴェネツィアを発ち、八月一四日、パリに到着。パジェッロはブーコワランに預けられ……そして見離された。

愛と再会、そして別離

八月一七日、ジョルジュ、アルフレッドに再会。

なおもお互いを求め合う狂おしいほどの愛。心をさいなむ激しい嫉妬、繰り返されるけんか、絶望、そして憔悴の果ての別離。

ああ、私の愛した青い目、あなたが私を見つめることはもうない！　美しい頭、あなたが私のほうにかしぎ、心地よくもけだるく私を覆うことはもうない！　私の愛したしなやかで熱い、ほっそりした体、あなたが私に活力を蘇らせようと、まるで死んだ子供の上に横たわるエリシャのように、私の上に横たわることはもうない……さようなら、私の愛した金髪、さようなら、私の愛した白い肩、さようなら、私の愛したすべてのもの、私のものであったすべて。私が情熱に燃える夜はあなたの名を大声で呼びながら、森の中で樅《もみ》の幹と岩に口づけし、歓びを夢に見た時は気を失って湿った大地に倒れるだろう。

（「私的な日記」）

あなたは人間を変えるような作品をお書きにならなくてはいけません。あなたにはそれができになりますわ……この私にその力があるのなら、もう一度顔を上げますのに。この心が傷つくことはもうないでしょうに。私は今、空しく信仰を探しています。それは神でしょうか、情熱？ 友情？ それとも公共のためにこの身を投げ出すことでしょうか？ ……この社会の中であるべき、そして可能な正義を描き出すのは誰でしょう？ これが今の私の心を大きく捉えている問題です……。

（サント＝ブーヴへ、九月二四日）

一一月、絶望のしるしにか、それとも、過去との訣別のしるしにか、ジョルジュは自らの手で美しい黒髪を切り、ひと房をアルフレッドに送る、頭蓋の形をした小箱に入れて。

この頃、ジョルジュはドラクロワのアトリエでポーズをとった。

◀ジョルジュ・サンド（ドラクロワ筆、一八三四年）

ドラクロワがくれた美味なわらたばこを吸いながら、彼と話した……私は悲しみを打ち明けた。今の私にそれ以外の何を話すことができよう？

（「私的な日記」）

ドラクロワの描いた、悲しみと不眠を物語る〈隈のできた目、大きく見開かれ、虚空に向けられたまなざし、やせこけた頬、スカーフで少しばかり隠されてはいるものの不揃いにひどく短く切られた髪〉の肖像は、底知れぬ虚無感にすっぽり覆われたジョルジュの内面を見事に写し出す。

一八三五年三月六日、ノアンに旅立つ前に、ジョルジュはアルフレッドの母、ミュッセ夫人に別れの言葉をしたた

▲ノアンでのドラクロワのアトリエ

め、ホシムクドリの入った籠を添えた。

何の罪もないこの小鳥を贈らせてくださいませ。あなた様は私のことでずいぶんとお苦しみになったことでしょう。それでも私をお恨みにならず、寛い心で私に接してくださいました。このことにお礼を申し上げますとともに、私ゆえのお悲しみやご心配に対しまして、心の底からお詫び申し上

▲ドラクロワの自画像

げます。あなた様がこの手紙をお受け取りになられます時、私はもうパリを発っております。あなた様が私のことで二度とお苦しみになることはないとお誓いいたします。

あなた様のお手に口づけいたします。

ジョルジュ・サンド

後に、アルフレッドが小説『世紀児の告白』や長編詩『夜』に、そして、ジョルジュが小説『彼女と彼』に結晶させることになるこの恋――愛の陶酔と絶望の間を、歓びと苦悶の間を、情念と理性の間を激しく揺れ動いた、〈ヴェネツィアの恋〉は終わりを告げた。

僕は何も知ろうとは思わない、
　野に花が咲くかどうかも、
人間の抱く幻影がどうなるかも、
この広大な空が覆い隠しているものを
明日は照らすかどうかも。

僕はただ心に思うだけ、
　「あの時、あの場所で、
ひと日、僕は愛された、僕は愛していた、
　あの女《ひと》は美しかった。
この大切な思い出を僕の不滅の魂に
　埋め、そして神の許に持っていく！」

（ミュッセ「思い出」）

7

芸術家の輪

一八三四―一八三六年

一八三〇年代のパリ。サンドを中心に、当時のロマン主義芸術家たちの豊かな交流の場があった。音楽家リスト、作家バルザック、詩人ハイネ、画家ドラクロワ……。自身が音楽を愛し、絵筆もとったサンドの幅広い交友関係。

フランツ・リスト

ドラクロワのアトリエでポーズを取っている頃、ジョルジュは音楽家フランツ・リストと知り合う。リストの伝記は、『アンディアナ』に感動した彼が友人のミュッセに紹介してくれるよう懇願したと伝えているが、天性の音楽家であったジョルジュの方も、知己になることを望んでいた。

親愛なる友へ、明後日の木曜日、夕食を僕たちとともにしていただけないか、サンド夫人が尋ねています。改まった訪問のように儀式ばらずに、貴君と知り合いになりたいと夫人は願っています。

（ミュッセからリストへ、一八三三年一一月四日）

▲フランツ・リスト（1811-1886）

ハンガリー生まれの、この若いピアノ・ヴィルトゥオーソは、その超絶的な技巧と妖精を思わせる容姿とで、一八二三年、パリに移り住んで以来、たちまちのうちに音楽界、社交界の寵児となっていた。だが、その華やかで優雅なサロン生活にもかかわらず、生来の激しく、情熱的な性格から、「芸術は目的ではなく、より良い未来を創り出すための手段であり、芸術家は信仰と人間社会の完成に寄与しなければならない」と説くサン＝シモン主義の熱心な賛同者でもあった。この芸術観を確固たるものにした、つまり、芸術の持つ哲学的・社会的重要性を確信させたのがラムネ師との熱を帯びた精神的交流であった。

> 一九世紀のキリスト教、すなわち、人類の宗教と政治の全未来があなた様の内にあることは明らかです。あなた様の使命は何と栄光に満ちたものでしょう。
> （リストからラムネ師へ、一八三四年五月）

ラムネ師を師と仰ぐ音楽家は社会問題への関心をさらに強め、慈善コンサートによる貧しき者、虐げられた者の救援活動に奔走し、ペンを取って階級の偏見と闘った。

> 芸術を利己的な満足や不毛の名声に到達するための手段としてではなく、すべての人間を結びつけ、一体とする交感を作り出すものとして把握すること、人々の心に「善」の情熱にきわめて近い「美」の歓喜を呼び起こし、維持すること。芸術家はその目的を自己の中にではなく、自己の外に置かねばならない。
> （リスト「パガニーニについて」）

折りしも、一八三四年四月、リヨンで絹織工たちが蜂起し、軍隊により鎮圧された時、リストは直ちにピアノ曲「リヨン」を作曲し、当時の社会主義者たちの標語「労働の中に生き、闘いの中に死す」を銘として書き添えた。

「芸術家はその目的を自己の外に置かねばならない」と言

い、社会における芸術家の神聖な使命を確信するリストが目指したものは、社会の下積みになった同胞に、彼らの品位と偉大さを教えることであり、人類の解放を実現するために自己の芸術を捧げることであった。

優雅に着飾った人々が毎晩のようにオペラ劇場のきらびやかなホールに詰め掛けているとき、場末の片隅では、むき出しの四方の壁にかかっている薄暗いケンケ燈の明かりの下に、一週に一度、粗末な身なりの筋骨逞しい男たちが集まり、利発な眼差しで、子供のように従順に教師の教えに耳を傾ける。教師は気高く、神聖な仕事――民衆の音楽教育に献身する。

（リスト「民衆の音楽教育」）

と書いたリスト。数年後の一八四〇年、「世界の未来があるのは民衆、とりわけ労働者階級の中にですよ」と、『同業組合の書』を著した指物師ペルディギエに書き送り、石工のポンシ、織工のマギュ、錠前屋ジランを始め、文章を書くことを夢みる多くの労働者に深い愛情と大きな期待を抱いて、文学の先達として指導にあたり、助言や援助を惜しまず、また、この新しい文学の担い手を世に知らせるために矢継ぎ早にペンを取ることになるジョルジュ。二人を結ぶ線は太い。

▲指物師アグリコル・ペルディギエのカリカチュア
（1805–1875、ドーミエ筆）

▶ジョルジュ・サンド三一歳（J・ボワイ筆）

「朝の二時までサンド夫人と二人きりで話しました。夫人は恐ろしく苦悩しています」と、一一月末、マリ・ダグー伯爵夫人に伝えたリストは、「あらゆる希望に見離され、慰めとなることが何もかも深い闇の中に消えて」、個人的な苦悩の世界に閉じこもっているジョルジュを、産業革命の不可避的な結果が渦巻く社会のただ中に引っ張り出し、呻吟している民衆にその関心を向けさせようとする。

ご親切にも私の悲しみに関心をお寄せになり、ご自身の悩みを打ち明けてくださいました。優しく、貴重な友情を示して頂きました……私は理性からも信仰からも見離されました……私の内にある恋心を殺すよう努めましょう。人生には他のものがきっとありますわ。私のためにどうぞ祈ってください。

（リストへ、一八三五年一月）

私に愛情を持ってくださっているのであれば、喜んでください。私は今、自分が生まれ変わっているのを感じています。目の前に新しい運命が開けるのが分かります。それがどんなものなのか、まだはっきり申し上げることはできませんが、これまでのように、情熱の奴隷になることではありませんわ。私のすべてを捧げられる信仰のようなものです。でも、神はまだ私の許まで降りてはおられません。私は目下、聖堂を建てているところです。私の心と生活を清らかなものにしているという意味ですわ……誰一人として私から取り上げることのできない幸せを紡ぎ始めています。

（リストへ、一八三五年四月）

私たちは理解し合い、同じ言葉を話すことができますね。二人の間ではどんな誤解も決してあり得ないような気がします。

（リストからジョルジュへ、一八三五年四月二三日）

▲フランツ・リストとサンド（モーリス筆）

パリからバーゼルの間に読んだものの中でとりわけ印象に残ったサン＝シモン主義の書物のことをお話しましょう。

（リストからジョルジュへ、一八三五年七月二七日）

二人の生来の性向には驚くほどの共通性が見られた。深い信仰心、不幸な人々への暖かい憐憫、貴族的な洗練と民主的な考え。そして何より、音楽への熱烈な賛美。リストはたちまち、ジョルジュの〈青い屋根裏部屋〉の最も親しい仲間の一人となる。セーヌ河をはさんで、ルーヴル宮殿の真向かいにあるこの古い建物の階段を、ロマン主義時代の多くの芸術家たちが駆け上り、芸術、愛、人生、社会のあらゆることについて、空が白み始めるまで論じ合った。

ハインリヒ・ハイネ

リストは、一八三一年以来、パリに移住していたドイツの詩人ハインリヒ・ハイネを〈青い屋根裏部屋〉に招く。

親愛なるハイネ、サンド夫人がブルターニュ地方へ旅立つ前に、君に会うことを切望しておられます。夫人の家はマラケ河岸一九番地ですから、君が八時きっかりに（軍隊式に！）カフェ・ドルセー（ロワイヤル橋のたもとのカフェです）に来てくれるなら、そこで君を迎えて、一緒に出かけましょう。それでは明日。必ず、お出でください。

F・リスト

112

ハイネは直ちに〈仲間〉の一員となり、ジョルジュと二人で偽のいとこ関係を考え出す。

親愛なるいとこへ、身体も精神も死んでおられないのであれば今日、夕食に来てくださいな。私がお馬鹿さんの顔を見せている償いとしてリストに喜んでいただきたいのです。ほかには誰もいませんから、スリッパを履いて、木綿の縁無し帽を被っていらしてくださって結構ですわ。

私の名前までお忘れでなければ、是非、いらしてください。

ジョルジュ

一八三六年七月、夫カジミールとの間で「別居および財産分離」が正式に成立し、八月末、ジョルジュは二人の子供とユルシュルという名の下女を連れて、スイスに旅立つ。ジュネーヴに数日滞在した後、アルプス山中の町シャモニでリスト、マリ・ダグー伯爵夫人と合流。ジョルジュはユニオン・ホテルの宿帳に次の言葉をしたためた。

旅行者氏名＝ピフォエル一族（大鼻*の意）
住　　所＝自然
どこから＝神から
行き先＝天上へ
生　地＝ヨーロッパ
身　分＝怠け者
資格の日付＝永久に
交付者＝世評

▲夫カジミール・デュドヴァン
（1795-1871）

ジュネーヴへの帰途に立ち寄ったフリブールでは、聖ニコラ教会の名高いオルガンでリストがモーツァルトの「ディエス・イレ」の一節を演奏し、その深い感動をジョルジュは『ある旅人の手紙　第一〇信』に綴った。

ジュネーヴで、リストは歌手マリブランの父マヌエル・

＊ジョルジュやモーリスが長い鼻をしていたことからの綽名

▲サンドとマリ・ダグー（E・オディエ筆）

ガルシアのスペイン歌曲「密輸入者」の主題により「幻想風ロンドー」を作曲し、ジョルジュに献じた。ジョルジュは直ちにその夜、この曲に散文を寄せて叙情的コント『密輸入者』を書き、翌日、友人たちに朗読した。

リストとマリ・ダグーは翌三七年、春から夏にかけてノアンの城館に滞在した。サファイア色の空にきらめく太陽。金色に輝く菩提樹の葉。朝、目を覚ますと聞こえてくるリストのピアノ。緑濃いアンドル川のほとりの散策……。

今晩、フランツがシューベルトの最も幻想的な曲を弾いている間、王妃（マリのこと）は薄暗がりのテラスの周りを散策していた。月は大きな菩提樹

▲フランツ・リスト
（A・ドヴェリア筆）

▲マリ・ダグー伯爵夫人
（1805-1876、H・レーマン筆）

の陰に沈み、青白い大気の中に、そよとも動かない縦の木々のシルエットがくっきりと浮かび上がっていた。深い静寂が木々を包み、崇高なピアノの音が流れ出ると、微風は丈の高い草の上で息をひそめた。ナイチンゲールがピアノの調べにひそやかな、消え入るような声を合わせた。私たちは皆、階段に坐って、「魔王」の魂を奪うような、時には陰鬱な旋律にじっと耳を傾けていた……。

アラベラ（マリのこと）の部屋は一階で、私の部屋の真下にあたる。そこにフランツの見事なピアノがある……フランツがピアノを弾くと、私の心が和らぐ。苦しみのすべてが詩に変わり、感覚がかきたてられる。彼はとりわけ心を高潔にする弦を震わせる。

（『日々の対話』）

オノレ・ド・バルザック

このノアンの城館に、翌三八年、春まだ浅い頃、バルザックが訪れ、ジョルジュと炉辺で長い談論の時を過ごす。

あなたがまだベリーの地におられると聞きました。ノアン詣でをしたいとずっと念じていた私ですから、お訪ねしてもご不在ではないか知りたくて、一筆したためた次第です……ベリーの牝ライオンであれ、ナイチンゲールであれ、その洞窟なり巣なりにいるところを目にせずに戻りたくはありません。あなたは私が誰よりも賛美している力強さと優美さを兼ね備えておられますからね。

追伸　乗合馬車で一刻も早くお届けしようと思うあまり、この手紙が間違いだらけであるのを悪く思わないでください。

（バルザックからサンドへ、一八三八年二月一九日）

▲オノレ・ド・バルザック
（1799–1850、D・ダンジェ筆）

▲ノアンでのサンドとバルザック（モーリス筆）

ノアンで過ごした六日間のことは長く忘れることはありません。大鼻博士が反対なさらなければ、三年来の太陽のない生活の無数の悲しみを忘れるために時々、お訪ねしましょう。友情が幻想を生み出す時があるものです。もう三年早くあなたの許で一週間を過ごさなかったことが残念でなりません。

（バルザックからサンドへ、一八三八年三月二日）

早春のノアンでの語らいからバルザックはマリ・ダグーをモデルに、『ベアトリクスまたは強いられた恋』を構想。ダンテの愛したベアトリーチェに自らをなぞらえたマリの肖像がかなり残酷な筆致で描かれ、一方、ジョルジュはカミーユ・モーパンのペンネームを持つデ・トゥーシュとい

▲シャルパンティエとジョルジュ・サンドによる扇子「ノアンの生活」

左よりルイジ・カラマッタ、モーリス、シャルル・ディディエ、エマニュエル・アラゴ、アルベルト・グジマーワ、ピエール・ボカージュ、リスト、ドラクロワ、サンド（膝の上にショパン）、フェリシテ・マルフィユ、エンリコ・マルリアニ、ソランジュ、ミシェル・ド・ブールジュ、ガストン・ド・ボンヌショーズ、シャルパンティエ

う名前で登場する。それは一八三九年のことである。

一八三六年一〇月、スイスへの旅から帰国したジョルジュはパリで、リストとマリが暮らすラフィット街、フランス館の中二階に部屋を借り、二階の彼らとサロンを共有することにした。このサロンには、急進的キリスト者ラムネ師、作曲家のベルリオーズやマイヤーベーア、ロッシーニ、ポーランドの大詩人ミツキエヴィッチ、作家のウジェーヌ・シュー、そして、もちろん、ハイネら多くの芸術家や著名な思想家が集まった。マリがリストとの出奔前、由緒ある貴族の中でもひときわ輝かしい境遇のダグー伯爵夫人として属していた、パリの〈フォブール・サン＝ジェルマン街〉に象徴される貴族階級の偏見がここではひっくり返され、

▲左からデュマ、ユゴー、サンド、パガニーニ、ロッシーニ、リスト、マリ・ダグー（J・ダンハウザー筆）

若々しい熱気がみなぎっていた。

一八三六年の晩秋、ジョルジュはこのサロンでショパンに出会った……。

▶花の習作（水彩）（サンド筆）

THEATRE DES VARIETES
CAFE DES VARIETES

8

ショパン

一八三六―一八三九年

一八三六年秋、三二歳。ショパンと恋に落ちる。三八年の一冬を共にマヨルカ島で過ごし、四七年の別離までパリとノアンでともに過ごす。サンド『コンシュエロ』、ショパン「幻想ポロネーズ」（作品61）等、二人の生涯で最も充実した時。

混じりけのない陶酔の日々

フレデリック・ショパン。すらりとした中背。えも言われぬ、それでいて力強い調べを奏でる、長くほっそりした指。栗色を帯び、ところどころ灰色がかった金髪。暗い影が時おり浮かぶ、鋭いまなざしの大きな目。青白い顔。少しばかりくぐもった声。

　今にも壊れそうなほど華奢でか弱く、洗練された身のこなしの中にどこか寂しさを漂わせた、この異国の音楽家の天分や気品のかもしだす魅力に、自らも深い音楽的資質に恵まれたジョルジュは心惹かれた。

　フランス館での夜会や、この若き音楽家の自宅での選ばれた人々だけの小さな集まりで二人は顔を合わせ、次第に

絆が結ばれていく。ジョルジュは彼の天分を理解し、繊細な音楽表現の真価を認めることができた。

　私は今晩、サンド夫人をはじめとして、何人かを招いております。リストがピアノを弾き、ヌリが歌うことになっております。お気に召しますなら、ブジョフスキ氏にも是非、ご来駕ください。

（ショパンからブジョフスキへ、一八三六年一二月一三日）

ジョルジュもまたハイネをこの夜のコンサートに招く。

　親愛なるいとこ、九時から真夜中まで、あなたの宵を自由に使えるのでしたら、モンブラン街二

▶ショパン（一八一〇―一八四九年、サンド筆）

四番地だったか、あるいは三四番地だったか、いずれにしてもショパンの家にお出かけくださいな。親しい者だけで、とてもうまく考えられた夜会を催しますの。私たちを愛してくださるのでしたら、是非いらしてください。

心から。あなたのいとこ。G・

この夜、ジョルジュは白と赤、つまり、ポーランドの旗の色のトルコ風の装いであった。

三度あの女性《ひと》に会った。ピアノを弾いている間、あの女性《ひと》は目の中を深く見つめる。それはダニューブ河の伝説による物悲しい音楽だった。私の心は

◀ショパン（ドラクロワ筆）

あの女性《ひと》と一緒にダニューブのほとりで踊った。私の目の中にあるあの女性《ひと》の目。濃い色の目は何を語ろうとするのか？　あの女性《ひと》はピアノに寄りかかっていた。燃えるような瞳が私を包んでいた……私たちの周りには花があった。私の心は奪われた！　その時から二度、会った……あの女性《ひと》は私を愛している……オローラ、何と美しい名であることか！

（ショパンの日記、一八三七年一〇月）

一八三八年の夏、年来の親友ドラクロワが一枚のカンバスに二人の愛を永遠にとどめた。天与の霊感を得てピアノに向かうショパン、その楽の音に溶け入るばかりのジョルジュ……至福の時以外の何であろう。（もっとも、ドラクロワの死の時まで、アトリエに置かれていたこの大きな画布の中の二人は後に切り離され、ショパンの肖像はパリ・ルーヴル美術館に、ジョルジュの方はコペンハーゲン・オードロップゴー美術館に収められた。）

▶ショパンのピアノを聴くジョルジュ・サンド（ドラクロワ筆）

　私は今もなお、先日、お会いした時と変わらぬ陶酔のなかにいます。この澄みきった空に一片の雲もよぎることはありませんでしたし、私たちの湖には一粒の砂さえ落ちはしませんでした。人間に姿を変えた天使が、われわれに人間だと思わせて、この世で疲れ果て、悲嘆に暮れ、消え果てようとしている哀れな魂を慰め、天上に引き上げるために、しばらくの間、この地上に住んでいるのだと、私は信じ始めています……もし神が一時間後に私に死をお与えになるとしても、少しも嘆きはいたしませんわ……この三ヵ月混じりけのない陶酔の日々が続いているのですから。

（ドラクロワへ、一八三八年九月七日？）

マヨルカ島へ

前年の冬、ひどいリウマチに苦しんだ息子モーリスと、神経をすり減らすサロンでの日々に加えマリア・ヴォジンスカとの婚約解消の深い悲しみのせいか、たえず軽い咳が出、健康状態の悪化の兆しがすでに見られるようになっていたショパンのために、暖かい陽光と新鮮な空気を求めて、そして、ゴシップ好きなパリの人々から逃れて完全な恋を紡ぐために、当時のフランスではまだほとんど知られていなかった、地中海に浮かぶマヨルカ島で冬を過ごすことをジョルジュは決めた。

私がモレ氏（外務大臣）と会見できるよう約束を取り付けてくださいな。（ビュロへ、一〇月五日頃）

校正刷りを早く送ってください。私は三、四日後に出発いたします。私のお金の準備をお願いいたしますわ。それに、旅券取得のために木曜日の朝、警視のところに同行してくださいな。（ビュロへ、一〇月八日頃）

ショパンはプレイエルや音楽好きの銀行家レオに、すでに作曲を始めていた「プレリュード」の版権を譲っただけでなく、ヌゲと言う名のいわば高利貸しから借りることで旅費を捻出した。プレイエルは小型ピアノの発送を約束した。

一〇月一八日早朝、ジョルジュは二人の子供と下女を連れ、並外れて大きな革製のトランク三個と膨れ上がった六個の袋を携えて、乗合馬車に乗り込んだ。

一〇月三〇日、スペイン国境に近いペルピニャン着。夕刻、数日遅れてパリを発ったショパンが「四晩もの郵便馬車の旅に健気に耐えて、はつらつとして、蕪《かぶら》のようにバラ色の頬で、大層元気に」到着。

あと二時間でフランスを離れます。

この上なく青く、澄みきった、静かな海のそばでこうしてあなたに書いていますの。まるでギリシャの海か、素晴らしい日和のスイスの湖のようです。

（マルリアニ伯爵夫人へ、一一月一日）

一一月七日、夕刻五時、蒸気船〈エル・マヨルキン号〉でマヨルカ島パルマに向けてバルセロナ港から出航。「天候は穏やかで、海上は申し分なかった」。

▲エル・マヨルキン号

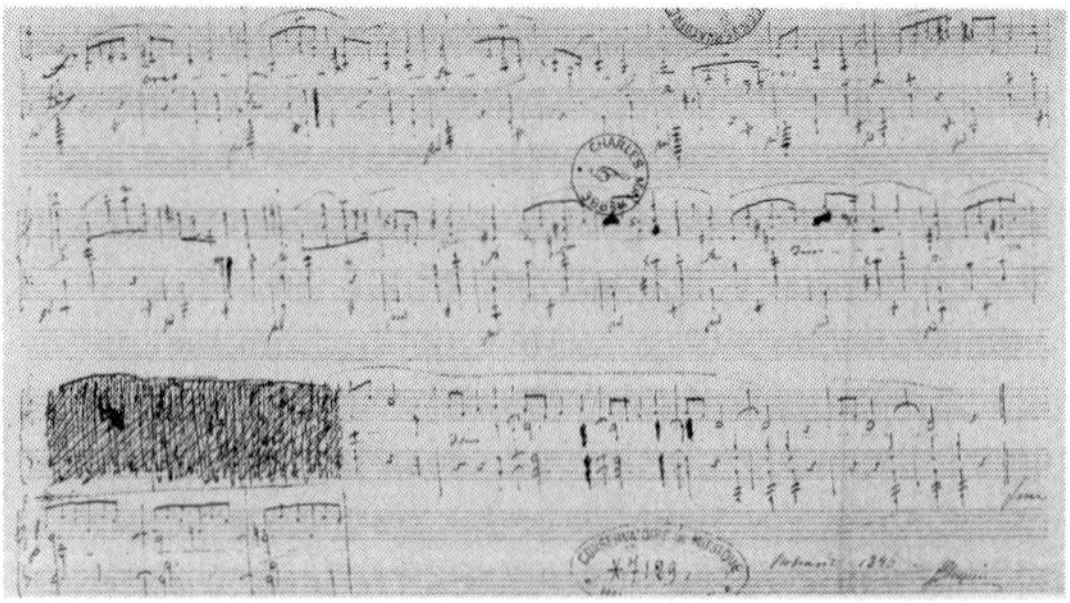

◀ショパンの自筆譜「マズルカ　作品63」（一八四六年）

……生暖かく暗い夜、船内は寝静まり、ただ操舵手だけが、皆と同じように眠りに落ちてしまう危険を振り払おうと、一晩中、歌っている。だが、その声はこの上なく心地よく、また控え目であるために、当直の船員を目覚めさせることさえ恐れているようであり、また、彼自身、半ば眠っているようでもある。われわれが彼の歌に飽きることはまったくなかった。世にも不思議な歌だったからだ。そのリズムと抑揚は、われわれがふだん、一度も耳にしたことのないものであり、その声を漂うにまかせているように思われた。ちょうど、船の煙がそよ風に運ばれ、揺り動かされるように。それは歌というよりも夢想に近く、思考とはほとんど無縁の、船の揺れや渦のかすかな音につれて、いわば歌声があたりをさすらっているようでもあり、漠としてはいるが、それでも、心地よく、単調な形式をまとった即興曲にも似ていた。瞑想に誘うこの歌声は心を強く惹きつけるものであった。

（『マヨルカの冬』）

▶ジョルジュ・サンド三六歳（L・カラマッタ筆）

ジョルジュの傍らでショパンもまた、この幻想的な夜の詩情に包まれる。一八四〇年に出版された「ノクターン」第一二番ト長調（作品三七の二）は、この甘美な夜の思い出であると言われている。翌朝、まばゆいほどの陽の光に金色に染まって、島の切り立った海岸が静かに近づき、アロエや椰子《やし》の木々や塔のシルエットがくっきり浮かび上がる。

島の生活

文化のまるで異なった土地で生活することのさまざまな不便にもかかわらず、冷たく、陰鬱なパリから来た二人は、溢れるばかりの陽光、眼前に広がる荒削りの自然、初めて目にする異国情緒そのものの風物のすべてに心を奪われる。

▲マヨルカ島〈風の家〉
（モーリス筆）

僕はパルマにいる。椰子、ヒマラヤ杉、サボテン、オリーヴ、オレンジやレモンの木、竜舌蘭《りゅうぜつらん》、いちじく、ざくろ……そうなんだ、植物園の温室にある、ありとあらゆる木々に囲まれている。空はトルコ石のような青だし、海は瑠璃《るり》色だ。山々はエメラルド色をしている。そして空気はまるで天上の空気だ。

一日中、太陽が輝いている。暑いから、誰も彼もが夏の格好をしている。夜はいつまでも歌声やギターの音が聞こえる。家には葡萄《ぶどう》の蔓が垂れ下がっている大きなバルコニーがある。城壁はアラビア人が支配していた時代のものだ。街並みばかりか、ここにあるものは何もかもがアフリカを想わせる。一言で言えば、すばらしい生活だ！　プレイエルをちょっと訪ねて欲しい。ピアノがまだ届いていないんだよ。どの経路で発送したのだろうか。もうすぐ君の手許に「プレリュード」が届くはずだよ。近々、この世でもっとも美しい自然の中にある素晴らしい修道院に住むことになっている。海、山、椰子の木、古い墓地、騎士団の教会、廃墟になったモスク、樹齢一〇〇〇年のオリーヴの木々。ああ！僕の真の人生が始まる……僕はこの世で一番美しいものの傍にいる。僕は自分が以前より上等な人間になったように感じているよ。

（ショパンからフォンタナへ、一一月一五日）

▲ヴァルデモーサ修道院
（J.-B. ローラン筆）

……ギターの調べ、海面を照らす月明かり、そして何よりパルマ、そしてマヨルカ島、この世で一番心地よい居住地ですわ。廃墟となった壮大な修道院をこの地で見つけましたの。壊れたモザイクや荒れ果てた回廊のあちこちに生い茂った椰子、竜舌蘭、そしてサボテン。この光景が私を『スピリディオン』に引き戻してくれました。それで、この三日というもの、仕事への激しい情熱に駆られていますわ……アラビア風の宮殿、オレンジやレモンの木々、椰子、雄大な山並み、まるで美しい湖のような海、絶景の渓谷、そして善良な住民……。

ヴァルデモーサのカルトゥジオ会修道院の中に、一年三五フランで、僧坊、つまり三つの部屋と庭

▲ヴァルデモーサ修道院
（J.-B. ローラン筆）

を借りることに決めました。山の中に建てられた広大で荘厳な修道院ですの。庭にはオレンジやレモンがたわわに実っています。丈が六メートルから九メートルもあるサボテンが垣根をなし、さほど遠くないところに海が見えます。道は旅行者が歩けるような代物ではありませんから町へ行くにはロバを使います。広大で、この上なく美しい建築の修道院、心惹かれる教会、椰子の木が一本と、「鬼のロベール」第三幕で見られるような石の十字架のある墓地、ツゲを刈り込んだ庭……僧坊の扉はとてつもなく広い内庭回廊に面していますから、風が扉を押すと、まるで大砲の轟きのように修道院中に響き渡ります。私はうっとりしています……

▲ヴァルデモーサ修道院での一齣
（サンド筆）

しっかり仕事をしなければ、私はよほどのお馬鹿さんにちがいありません。（ビュロ夫人へ、一一月一二日）

だが、こうした恍惚感は長くは続かなかった。一二月初旬、突然、雨季が始まり、二人の想像をはるかに越えて、激しい雨がひと時の休止もなく降り続いた。ショパンの健康は急速に悪化し、発熱と激しい咳の発作に苦しめられた。

雨は木々を根こそぎにし、山道を急流に変える。廃墟となった巨大な僧院が不気味に軋《きし》む。むき出しの漆喰の壁に囲まれた、わびしく、陰鬱な部屋で、粗末な寝台に病み衰えた体を横たえているショパンの耳を打つのは、山峡でヒューヒューすすり泣くように吹く風と窓を叩く雨、そして、時折、あたりを引き裂く雷鳴だけ……音楽家の神経はますます鋭敏になり、過度なまでに繊細になって行く。

ショパンの病に蝕まれた肉体の苦痛ばかりか、内的な苦悩、激しい焦燥をも至近の距離で見つめるジョルジュ。恋人としての感情と、病める子を一途に看病する母としての愛情が渾然と混じり合う。


フライネル家を通して『スピリディオン』の原稿をあなたにお送りします。これが最も安全な方法だと思われますから。直ちにビュロに転送して、親愛なる編集者に関わりのある、わずかではない港湾税を払い戻していただいてくださいな。

私たちはヴァルデモーサのカルトゥジオ会修道院に住んでいますの。真に崇高な場所ですが、子供たちの勉強や自分の仕事で忙しく、私にはゆっくりこの場所を愛でる時間がほとんどありません。

かわいそうなショパンは今なおとても衰弱して、気分がすぐれずにいます。他所では想像もできないほどの雨が降っています。恐ろしいような洪水ですわ……ショップ坊や（ショパンのこと）はひどく打ちひしがれ、いつも咳こんでいます。彼のために好い季節が巡って来るのを待ち焦がれています。幸い、それはそんなに遠い先のことではありませんわ……ショパンはマヨルカの粗末なピアノを弾いています。私の夜はいつものようにペンを走らせて過ぎて行きます。ときどき、顔を上げては、雨の合間にオレンジの木の上に月が輝いているの

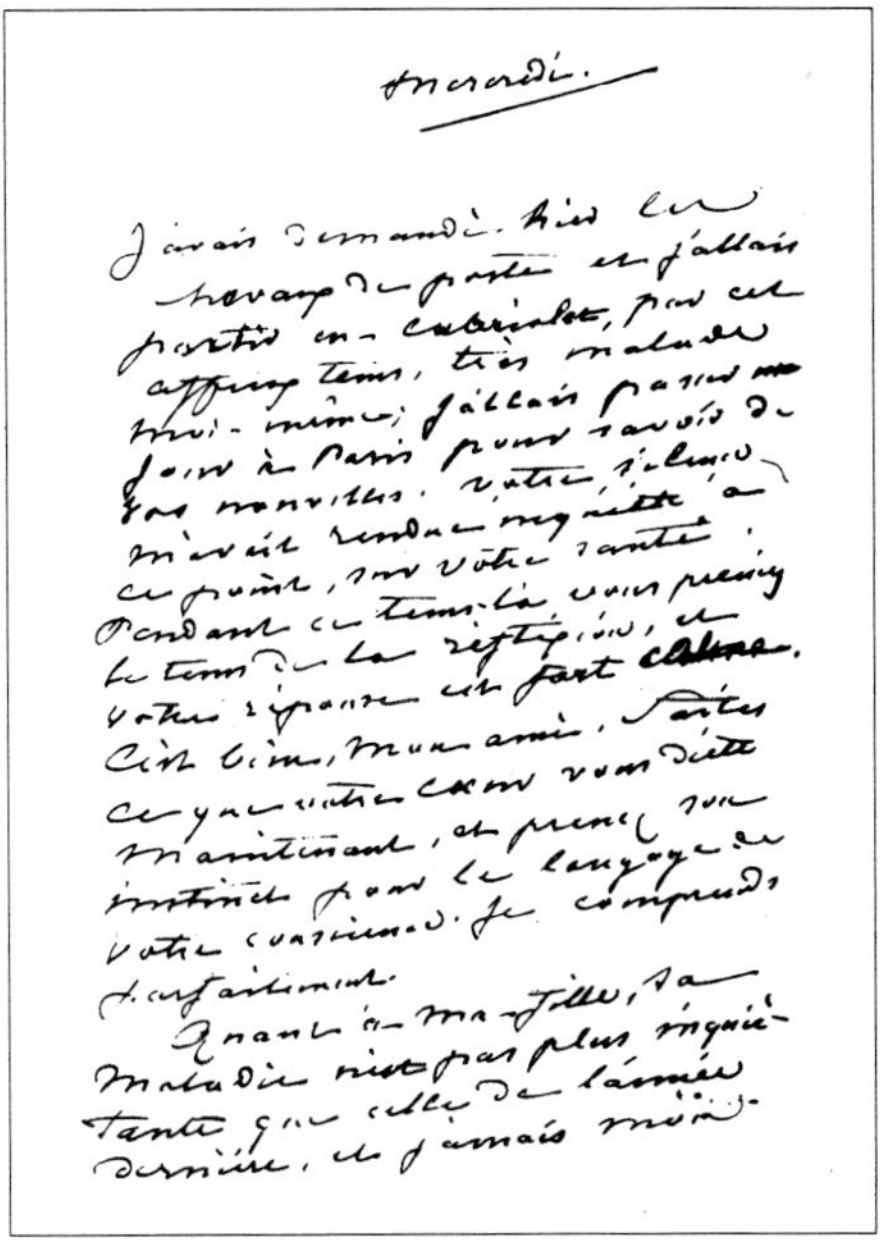

Mercredi.

J'avais demandé hier les chevaux de poste et j'allais partir en cabriolet, par cet affreux temps, très malade moi-même; j'allais passer un jour à Paris pour savoir de vos nouvelles. Votre silence m'avait rendue inquiète à ce point, sur votre santé. Pendant ce temps-là vous preniez le temps de la réflexion, et votre réponse est fort calme. C'est bien, mon ami. Faites ce que votre cœur vous dicte maintenant, et prenez son instinct pour le langage de votre conscience. Je comprends parfaitement.

Quant à ma fille, sa maladie n'est pas plus inquiétante que celle de l'année dernière, et jamais mon...

▶サンドからショパンへの手紙

を僧坊の窓から眺めています。

雨が降っても、スペインがこんな国でも、仕事があっても、私は幸せですわ。

（マルリアニ伯爵夫人へ、一二月二八日）

周囲のあらゆるものを流し去るかと思われるほどの大雨が続く中、食料にも薬にも事欠き、ましてや頼るべき医者もない、いわば極限の状況の中で、楽観できないショパンの病状に心を痛め、献身的に世話をしながら、ジョルジュは暗いろうそくの灯のもとでペンを走らせた。僧院を舞台にした哲学小説『スピリディオン』を脱稿し、直ちに、かつて徹底的な懐疑の中に執筆した『レリア』の改訂に取り掛かった……そしてショパンもまた創作のピアノに向かった。

彼はまったく意気阻喪していた。身体の苦痛には健気に耐えていたが、妄想が作り出す不安に打ち克つことができなかった。身体の調子のいい時でさえ、修道院は彼にとって恐怖と幻影に満ちていた……彼が謙虚にも「プレリュード」と名づけた、短くはあるが、この上なく美しい曲を作り出したのはこうした時であった。それらは紛れもなく卓越した作品であり、いくつかは、すでにこの世にいない修道士たちの幻影を思い浮かばせ、また、彼につきまとって離れない葬送の歌を聞かせる。もの悲しく、それでいて甘美な曲もある……。

『わが生涯の歴史』

ノアンに帰って

一八三九年。二月に入り、春の訪れとともにパルマ―バルセロナ間の週に一度の航路が再開。彼らは二月一三日、バルセロナに向け、〈エル・マヨルキン号〉で出航。デッキにはスペイン本土に輸送される一〇〇頭ばかりの豚を入れた積荷が乱雑に並べられ、すさまじい鳴き声と充満する悪臭の中で、ショパンは激しく喀血した……

衰弱したショパンにとってベリー地方の冬は苛酷に過ぎるため、暖かなマルセイユでしばらく養生することを決心。資金の確保のためにジョルジュは直ちにビュロに送金を依頼する。

『レリア』をお送りします。かなり大部な三巻になりますわ。七五〇〇フランを下らない額を支払ってくださることと思います。以前の作品全体にわたって変更がなされ、一巻半はまったく新しいことがお分かりになりますわ。一五〇〇部印刷できるでしょう。まちがいなくこの作品は読まれますわ。人々が関心を持つ重要な問題を提起していますから。

（二月一五日）

僕は日増しに健康を回復しています。発疱膏、食事療法、丸薬、入浴、それに何より、僕の天使の尽きることのない看病のおかげで、立ち上がれるよう

になりました。

（ショパンからグジマーワへ、三月一二日）

僕の大切なひとはゲーテ、バイロン、ミツキエヴィッチについてこの上なく見事な文章を書き上げたところです。心を喜ばせたいと望むならば、どうしても読まなければなりません。深い洞察力をもって書かれ、すべてがまさに真実であり……非常に高貴な感情がみなぎっています。

（ショパンからグジマーワへ、三月二七日）

五月一日、ショパンとともにベリーに帰る予定にしております。彼の部屋に貴社のピアノを置いておき、彼をびっくりさせ、喜ばせたいと

願っております。賃貸で一台、お送りいただけないでしょうか……ショパンだけが楽器に触れることを申し上げておきます……ピアノにどれほど些細なものであれ、損傷がありましたら、私がその責を負いますわ。私の費用で、貴社で梱包していただきますようお願いいいたします。それから、グランド・ピアノであることを願っております。と申しますのも、ショパンは長い間、小型ピアノを使っておりますので、新たな体力に一層ふさわしい楽器を渇望しているからですの。彼がほとんど完全に回復したと申しあげますわ。

私からの思いがけない贈り物をどうぞ秘密にしておいてください。

（プレイエルへ、四月二日）

六月一日、夕刻、彼らを乗せた馬車はノアンの城館の鉄格子の大門の前に止まった。

ショパンにとって初めてのノアン滞在であった。この時以来、一八四七年の苦い別離のときまで、社交界の閉じる夏にはパリの喧騒を離れ、柔らかな光と緑に埋もれたこの静謐なノアンにあって、創作に打ち込み、自然と戯れるのが二人の習わしとなった。

ジョルジュとショパンが共に過ごした日々は、音楽家の三九年の生涯の中で最も輝かしい創作の時期であったことを多くの評伝が語っている。ジョルジュにあっても、哲学者アランが「ジョルジュ・サンドは『コンシュエロ』によって不滅である」と称賛の言葉を惜しまなかった、音楽を主要モチーフとする壮大な大河小説『コンシュエロ』とその続編『ルドルシュタート伯爵夫人』、社会主義的色彩の濃い『アンジボの粉挽き』、『アントワーヌ氏の罪』、農民を主人公にした珠玉の作品『ジャンヌ』や『魔の沼』など、その

▶ノアンの城館のショパンの部屋

豊饒なペンが次々に問題作を世に送り出した時代であった。

　ショパンの天分ほど深遠で、感情と感動に満ちたものはない。彼は唯一つの楽器に無限の言語を語らせた。彼はしばしば、子供でも弾くことのできる数行に、果てしなく高揚する詩、比類ないエネルギーにみちたドラマを凝縮することができた。彼はその天分を表現するのに大掛かりな手段を一度として必要としなかった。心を恐怖で充たすのに彼にはサクソフォーンもオフィクレイドも必要でなかったし、信仰と歓喜で充たすのに教会のオルガンも人間の声も無用であった。彼は有名ではなかったし、今なお大衆には知られていない。彼

の作品が広く愛されるようになるには、人々の芸術に対する審美眼が洗練され、理解が深まることが必要である。彼のピアノ譜を少しも変えずに彼の音楽を管弦楽化する日が来るだろう。その時こそ、彼が自分のものとした最も偉大な巨匠たちの天分と同じように広大で、完璧で、巧緻な彼の天分が、セバスティアン・バッハよりも洗練され、ベートーヴェンよりも力強く、ヴェーバーよりも劇的な個性を持ち続けたことを誰もが知るだろう……ただ一人モーツァルトが、加えて穏やかな健康、したがって生の横溢に恵まれたゆえに、彼を凌駕している。

『わが生涯の歴史』

9 政治の季節

一八三〇―一八四八年

一八三〇年代後半、社会主義、共和主義に目覚め、ラムネやルルーらと交流、『両世界評論』等に精力的に寄稿。ショパンとの別れ。四八年、二月革命勃発。臨時政府発行の『共和国公報』に執筆。しかし〈血まみれの六月の日々〉とともに革命は挫折する。

共和主義者たち

ところでこの時期、つまり、一八三〇年代後半から四〇年代、ジョルジュは相次いで知己を得た著名な思想家たちと親交を結んだ。

徹底した共和主義者の弁護士ミシェル・ド・ブールジュ。一八三五年、「別居および財産分離」を求めて起こした訴訟を担当した。彼は前年にリヨンで起きた暴動に対する「四月訴訟」の弁護団の一人であったが、その雄弁でジョルジュの〈社会的懐疑〉を激しく揺さぶった。「私はミシェルと知り合いになりました。彼は、機会があれば直ちに私をギロチンにかけさせると誓ったのです」と友への手紙（四月一二日）で語っているが、彼はジレール*やエマニュエル・アラゴ**ら多くの同志を伴ってマラケ河岸のジョルジュの屋根裏部屋を訪れ、議論に熱中した。『わが生涯の歴史』で語られたエピソードは、目的達成のためには暴力行使さえ容認するミシェルを鮮やかに浮かび上がらせる。ある夜、セーヌ河に映る宮殿の光を見ながら、彼は激しい口調で言った、

「この腐敗した社会にもう一度新たな生命を与えるには、この美しい河が血で赤く染まり、この呪われた宮殿が焼け落ちて灰になり、今、眺めておられるこの広い都会が何もない砂浜同然になり、そこに貧しき者の家族が鋤《すき》を入れ、小屋を建てなければなりません！」

▶ミシェル・ド・ブールジュ（一七九七—一八五三年）

ジョルジュは次第に彼らの共和主義を吸収し、〈一兵卒〉として「真実」と「共和主義の未来」に奉仕しようとする。

> 私は長く生きてきたが、何一つ立派なことをしなかった。私の現在と未来を情熱にではなく、一人の人間にではなく、一つの真理のために役立てるのであれば、進んで掟を受け入れよう……私は同志とともに歩いて行く。主人の船が岸を離れるのを見るや、海に飛び込み、力尽きるまで船の後を追う犬のように。
>
> 『ある旅人の手紙　第六信』

あなたは社会的、政治的目的を持って、しっかりと、真剣に働きたいと言われる。ブラボー！

＊弁護士。一八四八年二月には共和国代表官となる。一八〇一—一八五九年。
＊＊弁護士。ヴォードヴィル作者。一八一二—一八九六年。

仕事に取り掛かること、そして気を落とさないことですよ。あなたが社会に対して大きな声で語り、社会が迷ってしまったこの砂漠で進むべき道を示すことが是非とも今の社会にとって必要なのです。あなたが助けに行かなければ、社会は永久に迷ったままでしょう。不公平が社会を押しつぶし、エゴイズムの風が吹いています。今や、我々は斧を手に取り、打ち壊し、消滅させる必要があります。だが、再建するときには、鏝《こて》で何をなすべきかを考えなければなりません。打ち壊す、それは大したことではありません。築き上げる、それがすべてです。打ち倒すには腕がありさえすればいい、打ち建てるには頭脳が必要です……我々には頭脳が不足しています。あなたの頭脳を我々に与えてください、働くこと、働くこと、それがあなたの義務ですよ、あなたには偉大で神聖な使命があるのです。

（エマニュエル・アラゴからサンドへ、一八三五年一〇月一八日頃）

ジョルジュの頭脳、つまり、想像力とペン。「偉大で神聖な義務」、つまり、言葉の影響力と芸術の予言的な力に与えられた使命。

ラムネ師

ジョルジュは、「宗教的真理と社会的真理が一体となったものを求めて」（『わが生涯の歴史』）、ラムネに会うことを切望する。盤石のローマ法王庁に、いわば素手で果敢に立ち向ったこの戦闘的キリスト者は、キリスト教的社会主義の理想を掲げて、社会の腐敗を糾弾し、全ての人間の自由・平等・友愛、そして福音書による隣人愛を説いた。

ラムネ師が訴訟のため、パリに来られるとのこと、私にお会いくださるよう、どうかお取り計らいください。ぜひとも、師の前にぬかずきたいのです。今の私にとってこの会見は計り知れないほど有益なものとなりますわ。長い間、消えていた偉大な事柄に対する情熱が再び燃え上がっている

▲フェリシテ・ド・ラムネ
(1782-1854)
(L・カラマッタ筆)

のですから。

（リストへ、一八三五年四月二一日）

ローマ法王庁からの破門を引き起こした『一信者の言葉』をラムネが捧げたのは、産業革命の波に飲み込まれ、苛酷な労働条件の中で人間としての尊厳を見失って行くばかりの労働者階級にであった。

この本はあなた方のために書かれた。私がこれを捧げるのはあなた方にだ……あなた方は苦難の日々を過ごしている。だが、こうした時代もやがて終わりを告げよう……希望と愛を忘れぬように。希望はすべての苦難を和らげ、愛はあらゆることを可能にする……キリストが約束し給うたことを

信じるように。そしてこの約束が一日も早く実現するために改革の必要があるものは改革しよう……人類の救い主があなた方をその最期の時まで愛し給うたように、互いに愛し合うように。

〈ラムネ『一信者の言葉』序「民衆に」〉

マラケ河岸のジョルジュの部屋で、あるいはリストとマリ・ダグーのサロンで、あるいはまた、ラ・シェネのラムネの館で、師を囲んで社会問題や宗教、芸術が語られた。こうした集いがジョルジュにもたらしたものは、〈最も多数の最も貧しい階級〉に対する明確な認識であった。

この三〇〇〇年来、人類は二つの集団に分けら

れて来ました。一方には栄光と富と知識が、他方には無名と貧困と無知が振り分けられました……わが国や近隣諸国では民衆はあまりにも貧しく、富める階級の搾取の対象となり、騙され、無一物にされています……この国の民衆は奴隷のように打たれることはありませんが、貧窮のあまり死んでいきます。彼らは弱者を丸裸にし、まるで畜生のように扱い、彼らの労働の実りを掬《すく》い取るのです。

〈リュック・ドゥザージュへ、一八三七年?〉

ラムネはジョルジュの求めていた社会的・宗教的真理を示したが、同時に社会における芸術家の位置づけを明確にした。

▶社会主義者たち(バルベス、ラグランジュ、ラスパイユ、プルードン、ルルー)
(ロルドロ筆)

芸術家は社会の奥底まで降りて行き、そこに脈打っている生命を自己の中に取り込み、そして作品に移す……古い世界は崩壊し、古い規律は消滅する。芸術家は未来の予言者となるべきである。

(ラムネ『芸術と美について』)

この闘士が新聞『ル・モンド』を創刊することを知った時、当時の文壇にあってはすでに最も高い稿料を得ていた作家の一人であったが、ジョルジュは師への献身を行為に表そうと、直ちに原稿を無報酬で提供することを申し出た。社会や結婚生活における女性の地位、女性教育を主要テーマとした書簡体の小説『マルシへの手紙』である。

『マルシへの手紙』を書き始めました時、私はそれほど深刻でない問題だけを扱うつもりでおりましたが、いつの間にか、私の思考の、貧しいながらも抑えがたい意思に心ならずも押し流されてしまいました……乗り出してしまった私は『マルシへの手紙』の枠を拡げて、女性に関わるさまざまな問題を取り扱いたいと思っております。女性のあらゆる務めについて、結婚や母であることや、その他、諸々の務めについて語りたいと思います……どうか私を信じてください。この点に関しては師よりも私の方が多くを知っております。一度だけ、弟子である私に言わせてください、「師よ、そこにはあなた様が一度としてお通りになったことのない道があります。あなた様の目が天上を見上げていた時に、私の目が覗き込んだ深淵があります。あなた様は天使たちと過ごされてきた。私は男や女たちと、そうです、人間たちの中で過ごしてきました。人々がどれほど苦悩し、どれほど罪を重ね、徳を可能にする規律をどれほど待ち望んでいるか、私は知っております」と。私を信頼してください。その規律を見出そうとする熱意を何人も私以上に抱いてはおりません。徳を敬う気持ちを何人も私以上に持ってはおりません。

(ラムネへ、一八三七年二月二八日)

ジョルジュは女性の社会的不適格性を作り出した女子教育の不備、欠陥に大きな関心を抱いてきた。そして、女性が人類の叡知の総和を学ぶことによって自らの行動規範を確立する——女性を長い間の隷従から解放するのも確かな、充実した教育に他ならない、と確信していた。

女性は嘆かわしい教育を受けていますが、これこそ男性が女性に対して犯した最大の罪と言えましょう。彼らは神聖な制度の恩恵を独占することで至る所に悪弊を撒き散らしました。この上なく純真で正しい感情につけこみ、女性の隷従と愚かさを確立してしまったのです！……妻がその徳ゆえに家族と家に対する精神的な影響力を独り占めする事態が起きないよう、夫には妻が精神的な力を感じることを妨げる手段を見出すことが必要でした。暴力によってのみ妻を支配するためにです。妻の知性を窒息させるか、無教養のままにしておくかのどちらかでした。女性に残された唯一の精神的救いは宗教であり、妻はひたすら黙して、苦悩を受け入れるというキリスト教の掟を守り続けたのです。

（『マルシへの手紙』）

だが、教会人としての意識からか、あるいは生来の女嫌いのゆえか、女性の解放を容認できないラムネは『ル・モンド』紙への掲載を半ばで拒否。ジョルジュ・サンドの体系的女性論は未完に終わった。

ラムネの偉大な個性が衝突したのは私の個性とではなく、私の社会主義者としての性向だった。私を前方に押しやった後で、彼は私が速く歩き過ぎると感じ、私の方では彼の歩みがあまりにも遅いのに気がついた。

（『わが生涯の歴史』）

「最も多数の最も貧しい階級」

一八三七年四月から六月にかけて、『両世界評論』誌はジョルジュの長編小説『モープラ』を掲載。フランス大革命前夜のベリー地方を主要な舞台とした、この作品の核は、男女の絶対の愛の追求、そしてそれを可能にする自己形成の教育であった。当時流行の〈暗黒小説〉の題材、手法を

ふんだんに盛り込んだこの〈恋愛—冒険小説〉は、半世紀の間に一五版を重ねるほどの読者を獲得するが、ジョルジュはこの作品に、産業革命の不可避の結果として新たな階級化を見た一九世紀中葉のフランス社会が直面する政治的、社会的諸問題を投じた。ジョルジュの中に「最も多数の最も貧しい階級」に対する明確な認識が培われ、さらに、長い歴史の間、虐げられてきた存在「女性」と「民衆」が結びつく。

「わしらは何と哀れな人間であろうか！　わしらが肉体を酷使していようと、酒が過ぎていようと、わしらの知能を破壊してしまうどんな放蕩をしていようと、誰も止めてはくれぬ。貧乏人が家

▶『モープラ』の挿画

族を養うために体力以上に働くようにと労力に高い賃金を支払う者がいる……説教壇に上がって、わしらが村の領主にしなければならぬことを説く司祭はいるが、領主がわしらになすべきことは決して口にせぬ。わしらの権利を教えてくれる学校がない。わしらの欲しているものが真実のまっとうなものなのか、それとも恥ずべき有害なものなのか、区別することを教えてくれる学校がない。わしらが他人の利益のために一日中、汗して働いた後で、夕べに小屋の入り口に坐って赤い星が地平線から昇るのを眺めている時、何を考えられるか、いやいや、何を考えなければならぬか教えてくれる学校がないのじゃ。」

（『モープラ』）

一八三七年一〇月、ジョルジュはマリ・ダグー伯爵夫人に宛てた手紙で「ピエール・ルルーの中に落ち込んでしまいましたわ」と、冗談とも真面目ともつかぬ調子で哲学者ルルー（一七九七—一八七一年）に言及しているが、一八三八年に入ると二人の関係は急速に親密さを増す。

彼は資本主義が内包する諸矛盾を暴き、階級闘争を予見してプロレタリアートの完全な解放を目的としたが、さらに、人間相互の連繫を強調する。

個々の人間は分かち難く人類に結びついている。個人はそれ自身人類であり、人類を離れて個々の人間を考えることはできない。聖パウロの言葉にある通り、われわれが何人いようともただ一つの肉体であり、おのおのがその一部分をなしている。

（ルルー『人類』）

この連帯の観念はラムネの思想にあっても大きな位置を占め、『一信者の言葉』で、「あなた方すべての人間が一つの肉体を作り上げている。あなた方の一人を虐げることはあなた方すべてを虐げることである」と述べて、相互の連帯を説いた。そして、ルルーはこの「連帯」を核にして、〈人類の絶えることなき進歩〉を主張する。

さらに彼はその思想に宗教的性格を付与した。同時代の多くの社会主義者がそうであったように、彼もまた自らを天啓を受けた預言者であると信じ、世界を変革する使命が

▶ピエール・ルルー（一七九七―一八七一年）
（右…A・ルメール筆
左…M・ラヴィーニュ筆）

授けられていると考えた。「民衆の声は神の声である」とルルーは言う。

ジョルジュは彼の社会的・宗教的哲学の中についに満足できる原理と実現すべき世界の展望を見出した。

ピエール・ルルーの哲学的表明が私の懐疑を完全に拭い去り、確固とした信仰を築いてくれたのです。（ルロワイエ・ド・シャントピへ、一八四二年八月二八日）

これ以後、ジョルジュはペンの力で感動を引き起こし、心を揺り動かす、より有用な芸術を生み出すことを自らの使命と考える。

私にできることをやりましょう。生まれついての小説家である私は小説を書きます。つまり、一つの芸術的手段を使って私は、感動することができる、そして心を揺さぶられることを必要としている同時代の人々の心を揺り動かし、震わせ、感動を呼び起こそうと努めているのです。

（ラ・ビゴティエールへ、一八四二年一二月）

ジョルジュはペンを手にした者として、自らが生きている時代・社会に対する責務をはっきりと自覚した。それは、社会の偏見や不公平、不正を暴き、政治秩序の不完全さを糾弾するために、教会の偏狭さ・偽善と闘うために、社会や人間のあるべき理想の姿を描き出すために、ペンを捧げ

ることであり、さらにまた、虐げられ、抑圧され、社会の片隅にうずくまっている人々に人間としての品位と誇りを教え、希望を与え、その導き手となることであった。

労働者を登場させ、対立の激化した社会的状況を描き出す「社会主義的小説」――『オラース』、『フランス遍歴の仲間』、『アンジボの粉挽き』、『コンシュエロ』、『ルドルシュタート伯爵夫人』――の時代。

『オラース』事件

だが、社会主義的――同時代人の目には共産主義的と映ることさえあった――色彩を次第に濃くしていくジョルジュの傾向を、一八三五年に制定された「九月の諸法」で〈出版の検閲制〉が強化されていた社会情勢の中で、編集長ビュ

ロが歓迎するはずもなく、二人の間で意見の衝突が繰り返され、対立は『オラース』で頂点に達した。ビュロは作品に盛り込まれた思想が過激に過ぎるとして修正を求める。

親愛なるビュロ。お互いの考えをはっきり示して、理解し合えるよう努めましょう。あなたの雑誌は自由なのですか、それとも自由ではないのですか。私は一体、誰を相手にしているのですか。あなた？　それともあなたの雑誌の購読予約者たち？　あるいは政府ですか？　それがあなたであるならば、私の思想や意見、好みを修正する権利をあなたに与えたことは一度としてないこと、また、あなたは私の大義の審判者にはなれないことを申し上げさせていただきます……どうか私の頭脳とインクをそっとしておいてください。

あなたの購読予約者たちを相手にしているとしても、私は彼らの立場も、好みも、信仰も知りません。彼らを喜ばせるために仕事をしたことは一度としてありません。自分の生活費を手にするためにペンを走らせたのです。自分の信念に反することは一行たりとも書かなかった私が、あなたの予約者たちの気に入ったのであれば、結構なことです……現在の私が彼らの気に入らないのであれば、どうぞ私を解雇してください。そうした事態を受け入れる心の準備はできていますから……。

私が従わなければならないのは政府にでしょう

か？　この雑誌は常に独立不羈《ふき》であったし、これからもそうであると、あなたは私に言われ、誓われ、繰り返してこられました……あなたはどんな立場におられるのでしょう。今こそ、私にそれをおっしゃる時です……私が政府を怒らせないために言動を慎まなければならないのでしたら、契約を結ぶ時にそうしたことは聞いてはいなかったと、そして私たちの契約は破棄されたと、あなたに宣言いたしましょう……。

有産階級のことを私が語る時、この階級が愚かで、堕落しているなどと言わぬよう、また、この社会については、不条理で冷酷だと言わぬよう、あなたはお望みです……あなたは私が下り坂だと

言われますが、あなたについても同様の見解を持ちたくなります。私はいつも、あなた方の有産階級、あなた方の尊敬する思慮深い人々、あなた方の政府、あなた方の社会の不平等に反対してきました。そして民衆に対して変わらぬ共感を表明してきました……。

私の考えを表明できるのであれば、喜んで破滅の道を選びましょう。私の自由を安売りするつもりはありません。私は完全な自由が欲しいのです。それが得られないのでしたら、解雇を望みます。

（ビュロへ、一八四一年九月一五日）

親愛なるジョルジュ、私が常軌を逸して感じや

▲ジョルジュ・サンド（A・シャルパンティエ筆）

すく、滑稽にも臆病神にとりつかれているなどと思わないでいただきたい。だが、秘密結社が陰険に暗躍しているわが国の現状では、あなたの小説『オラース』のごとき、大衆を扇動するような糧を提供することはいかにも軽率であり、おそらくは罪にさえなりましょう。私があえて申し上げた「慎重に振舞っていただきたい」という助言をはねつけられたことを将来、きっと後悔されるでしょう。中庸を守ってくださるよう、つまり、私有財産に反対の意見を述べたり、共産主義思想をあまりに声高に喧伝なさることを慎まれるようお願いするだけです……蜂起と共産主義思想を称賛するためにだけ『オラース』を書かれたのではありますま

い。したがって、私がお願いする修正を受け入れたとしても、あなたの信念を曲げたり、幸福を傷つけることにはならないと信じています（もっとも、小説がどのような結末を迎えることになるのか、私が承知していないのは事実ですが）。

（ビュロからサンドへ、一八四一年一〇月三日）

ジョルジュは要求された修正を検閲とみなして拒否。そして、文壇に出て以来、ほぼ一〇年間、定期的に寄稿してきた『両世界評論』誌との関係を断った。

『独立評論』誌創刊

社会の意見形成に果たす新聞や雑誌の増大する力に気づ

いたジョルジュは、ビュロとの対立とほぼ時を同じくして、ピエール・ルルーやルイ・ヴィアルドらと協力して、読者に自由に語りかけるための民主主義的雑誌の創刊を計画した。

私たちが行おうとしているのは、私たちが一〇年来、表明してきた事柄の実践です。真っ直ぐに歩いて行きましょう。私を当てになさってください。私たち三人でする仕事はきっと成功しますわ。

（ルルーおよびヴィアルドへ、一八四一年九月三一日）

ショパンが私たちの計画に対して途方もない熱意を見せていますわ。私は、彼のいつもの用心深さや慎重さと闘わなければならないとひどく心配していたのです。ところが、まったくの杞憂に終わりましたわ。彼のほうが私を励まし、勇気づけ、駆り立てています。

（ルルーおよびヴィアルドへ、一〇月一日）

ジョルジュはこの雑誌のために小説や論文を書くだけではない。予約購読者を確保するために知人を動員し、長い間、音信のなかった昔の友人にまで依頼の手紙をしたためる。

見本刷をお届けします。私たちに力を貸してください。宣伝をして、予約購読者を集めてください。あなたが住んでおられる地方で私たちの雑誌が読まれ、すべての記事に託した私たちの思想がそちらで広まるために、あなたを頼りにしています。

（ラニエへ、一一月六日）

私の雑誌を予約購読していただけないでしょうか。長い間、お目にかかっていないのできっと眠ってしまっているにちがいない昔の友情を目覚めさせる機会ができて幸せですわ……私たちは今、思想を普及させる仕事に取り組んでいます。私たちに共感して、予約購読していただきたいのです……私たち支援してくださる人々からの資金は闘争の活力となります。ですから、予約してくださいな。そして、それが出来るようなあなたの友人をこぞって動員してくださいな。（ブルゴワンへ、一一月一〇日頃）

一一月五日に発行された『独立評論』誌創刊号に、ビュロから引き上げた『オラース』第一部を発表。翌一八四二年二月からは、ジョルジュの最も優れた作品の一つ、壮大な『コンシュエロ』の掲載が始まるだろう。

だがジョルジュの活動は雑誌の発刊にとどまりはしない。一八四三年三月、ラ・シャトルの街で発生した「ファンシェット事件」――ラ・シャトルの救済院に預けられた精神薄弱の少女ファンシェットを厄介払いするために、修道女たちが意図的に迷子にした――に憤ったジョルジュは、修道女たちの残酷さ、共犯者となった行政当局の偽善や無気力を告発し、人々の良心を動かそうと、事件の推移をベリー地方の農民の朴訥な言葉で語った、「ファンシェット――ブレーズ・ボナンからクロード・ジェルマンに宛てた手紙」を『独立評論』誌に発表。ジョルジュの政治への直接的関与の始まりであったが、既存の新聞だけでは世論に警告を発することの困難さを痛感し、時を置かず地方新聞の発刊を考える。

私は精神薄弱の少女の事件で、この地方の当局を相手に激しい論争をしました。このことで牢につながれるかもしれません。裁判を覚悟しています……権力のあらゆる濫用に抵抗するため、ベリーの小さな新聞を発刊したいと考えています。

（シャルル・ポンシへ、一八四三年一一月二五日）

この後、長い時間と多くの労苦を経て、地方紙『斥候兵

――アンドル、シェール及びクルーズ県の新聞』、通称『アンドルの斥候兵』が一八四四年九月一四日、創刊された。

ショパンとの別れ

時が過ぎ、ジョルジュの二人の子供は成長した。一八四六年、モーリス、二三歳。母を熱愛するモーリスには、母の惜しみない愛情、慈しみ、そして細やかな心遣いを受けているショパンの存在が我慢ならない。口論が頻発する。ソランジュ、若さと美しさに溢れた、一八歳。幼い時から

▲ソランジュ
（A・シャルパンティエ筆）

▲ジョルジュ・サンド四二歳（E・ジロ筆、一八四六年）

● 162

十分に愛されていないことに傷つき、苦しんできたソランジュはショパンの心を乱すことで母への恨みを晴らそうとする。娘と母が対立する度に、とりわけ、彫刻家クレザンジェとの結婚問題でショパンは公然と娘の側に立ち、二人の間に陰険な共謀関係が出来上がる。ある夜の食卓での取るに足らぬ出来事で事態は一気に限界に達し、ショパンは一一月一一日、一人、ノアンを発った。この後、ショパンがノアンを訪れることはない。

一八四七年七月。

心配で恐ろしいほどです。この数日ショパンから便りがありません。悲しみのあまり、何日にな

▲ソランジュ・クレザンジェ、1847年頃
（A・クレザンジェ筆、1851年）

▲モーリス・デュドヴァン
（T・クチュール筆）

るのかさえ分かりません……彼は（ノアンに向けて）出発するところでしたのに、やってきませんし、手紙もくれません。もう、出発したのでしょうか？　病気のためにどこかで止まっているのでしょうか？　……明日にも、安堵できる便りが届かなければ、私が出かけましょう。

（ロジエールへ、七月二五日）

このひどい天候の中、（パリに）向かう手筈を整えていました。当地は文字通りの土砂降りで、ヴィエルゾンまでは駅馬車以外に交通手段がありません……とうとう今朝の郵便でショパンの手紙を受け取りましたわ。いつものように自分の間抜けな心に騙されていたことが分かりました。彼の健康を案じて一週間も眠らぬ夜を過ごしていましたのに、彼はクレザンジェ夫妻と一緒に私の悪口を言ったり、考えたりしていたのです。まったく結構なことです。

（ロジエールへ、七月二六日）

昨日は駅馬車を頼んでいました。私自身、とても具合が悪いのですが、このひどい天候の中、馬車で発つところでした。あなたの消息を知るために一日だけパリで過ごすつもりだったのです。あなたからのお便りがちっともないので、お体のことがひどく心配になっていたのですよ。この間、あなたはじっくりと考えておられたのですね。あなたのお返事はたいそう冷静なものでした。分かりました、今やお心が命じるままになさればいいのです。直感をあなたの良心の言葉となさればいいのです。私には申し分なく理解できますよ。

私の娘は、自分が憎み、中傷している母親の愛情が必要などと口にしたくないのでしょう。あの子は母親の最も神聖な行為にさえ泥を塗り、家族を恐ろしい言葉で汚すのです。あなたはこうしたこと全てに喜んで耳を傾けておられるのですね。そして、あの子の言うことを信じておられるのでしょう。私はこうした性質の争いをするつもりはありません。考えただけでもぞっとします。自分のお腹を痛め、自分の乳で育てた敵から自分を守るくらいなら、あなたがその敵の手に渡るのを目にするほうがいいのです。

　あなたがご自分を捧げなければならないと考えておられるのはあの子なのですから、あの子の面倒を見てやってください。あなたを恨んだりはいたしません。私がひどく侮辱された母親役に徹しても、母親としての権威と誇りを忘れることは決してないことがお分かりになるでしょう。騙され、

▲ソランジュ
（J.-B.クレザンジェ筆）

犠牲になるのはもうたくさんです。あなたは誠意のこもった告白をなさったのですから、私はあなたを許しますし、今後、あなたを非難するつもりはありません。確かに、あなたの告白には少しばかり驚きましたわ。でも、これであなたの気持ちが楽に、自由になられたのでしたら、あなたのこの不可解な変節で苦しむことはやめましょう。

　さようなら。早くご病気がすっかり良くなられますように。今はそれを望んでいますわ。そして、九年間の絶対的な友情のこの奇妙な結末を神に感謝いたしましょう。時には近況をお知らせください。その他のことは一切お話なさるに及びません。

（ショパンへ、七月二八日）

これがショパンに宛てた最後の手紙であった。
この時から数ヵ月経てなお、無残に傷ついたジョルジュの心は癒されることなく悲しみの中にある。

心の平静を取り戻すにはきっと時間と勇気が必要なのですね。娘のことで今もひどく苦しんでいます。ショパンは何一つ真実を知らないのに公然と娘の味方をしました。これは私に対して是が非でも恩知らずな行いをしたいという欲求と奇妙にも娘に心酔していることを示しています。

（マルリアニ夫人へ、一一月二日）

一八四八年二月の日々

一八四七年七月九日……選挙法改正を要求する最初の「改革宴会」開催。

一八四八年二月一四日……パリ一二区の改革宴会の開催、警察により禁止。

〈二月の日々〉

二月二二日……パリの労働者、学生、市民の大規模な反政府デモ。

二月二三日……バリケードが築かれ、赤旗が翻る。

二月二四日……国王ルイ＝フィリップ退位。

二月二七日……共和国宣言。

▶ルドリュ＝ロラン（一八〇七―一八七四年）とジョルジュ・サンドの戯画

三月一日……ジョルジュ、ノアンよりパリに駆けつける。

直ちに臨時政府内相ルドリュ＝ロランと連絡を取る。

三月二日……ルドリュ＝ロラン、ジョルジュに通行許可証を発行。これにより、臨時政府全閣僚と随時、面会が可能になる。

三月四日……ジョルジュ、外務大臣ラマルティーヌと大臣執務室の窓より、「二月」の犠牲者たちの荘厳な葬列を見る。


共和国宣言のニュースが届くや、ジョルジュは直ちに上京。どれほどの興奮と歓喜の中にパリの街を駆け回ったか、そして、革命遂行のエネルギーを結集したパリの民衆を称える言葉を書き綴ったか。中でも、四〇年代の初めよりそ

◀アルフォンス・ド・ラマルティーヌ（一七九〇―一八六九年、シャセリオ筆）

の詩作を励まし続けてきたトゥーロンの石工シャルル・ポンシに宛てて長文の手紙を書き、パリを遠く離れた地方に住む労働者に共和国誕生の喜びと昂揚感を共有させようとする。

共和国万歳！　パリは何と夢や熱狂に満ち、それでいながら、何と礼儀正しく、整然としていることでしょう！　私はこの都会を駆け回り、私の足元で最後のバリケードが開かれるのに立会いました。偉大で、崇高で、素朴で、心が広い民衆、フランスの中心に、世界の中心にいるフランスの民衆、全世界で最も優れた民衆を私は目の当たりにしました……人々は熱狂し、酔いしれています。

▲普遍的、民主的、社会的共和国の寓意

泥の中で眠り、空の下で目を覚ますことが嬉しいのです。人々を取り巻いているあらゆるものに勇気と信頼が感じられます。共和政が勝ち取られ、確実なものとなりました。私たちはそれを放棄するくらいなら、こぞってそのために命を落としましょう。（三月八日）

通行許可証を手にしたジョルジュはこの日以降、頻繁に閣僚たちと会い、臨時政府の立案に参画し、知己や友人を委員に推薦もした。

私はいつも駆け回っていますよ。疲れや少ない睡眠にもかかわらず元気です……ここでは可能な限り全てが順調に進んでいます。政府は優れていますし、誠実です。民衆は申し分ありません……私は毎日、政府の人間と会っています。

（ブローへ、三月三日）

三月四日、「二月の日々」の犠牲者たちの葬儀が執り行われた。

マドレーヌ寺院からバスティーユ広場の七月革命記念柱までを四〇万人が埋め尽くし、一人の憲兵も一人の警官もいませんでしたが、秩序、節度、瞑想、礼儀正しさが行き渡り、足が踏みつけられることも、帽子がへこませられることも全くありませんでした。素晴らしい光景でした。パリの民衆は世界一の民衆です。

（ブローへ、三月五日）

三月四日の夜、ジョルジュは、シュノンソーの城主であり、従順な王党派である従兄弟のルネ・ヴァレ・ド・ヴィルヌーヴ伯爵に書いた。

あなたが悲しみも不安もお持ちでないことを希《ねが》っておりますわ。私たちが追放したものは惜しむべきものではありませんもの。私たちは信仰と希望を抱いて未知の中に乗り出したのですわ……民衆は崇高な勇気と優しさを示しました。政権は概して、純粋で立派な人々で構成されています。

私はこうした全てのことを自分の目で確かめてきました。私は政府の何人かと密接に結びついています。彼らが出来る限りのことをやるだろうと、そして、最も高潔な意図が彼らをかき立てていると確信して、私は明日、ノアンに帰ります……血みどろの闘いをいつまでも続けさせなかったのは彼らの功績ですし、富める階級が貧しい者たちに信頼を抱かせ、落ち着かせることができたのも彼らのおかげです。安心してくださいな。政府の中心で、そしてパリの場末で何が起こっているか私は誰よりもよく知っていますもの……私が共和主義者であっても、変わらず私を愛してくださいますように。

オロール

ジョルジュの行動と政治的執筆の重要な時期が始まる。

全て順調に進んでいます。公的な生活がわれわれを必要とし、とらえて離さない時には、個人的な悲しみは消滅するものです。「共和国」は最良の家族です。「民衆」は最良の友人です。その他のことを考えてはなりません。共和政はパリで守られました。ですから、その大義がまだ広まっていない地方で共和政を守ることが問題です。……いま、われわれが置かれている状況にあっては、献身と誠意だけがあればいいのではありません。時には熱狂も要求されます。自分自身を超え、あらゆる弱さを捨てること、そして、民衆から選ばれ、実際にも本質的にも革命的な政府の歩みを妨げるものであれば、個人的な愛情をも打ち砕く必要があります。

（ジレールへ、三月六日）

外務大臣の執務室の窓から四〇万人の葬列を感動して眺めた、その日、ジョルジュはマルリアニ伯爵夫人宅の階段でショパンに出会った。音楽家はソランジュが数日前に女の子を出産し、ジョルジュが祖母になったことを伝えた。

私は震える、凍ったような彼の手を握った。彼に話しかけようとしたが、彼は逃げ出した。もう

私を愛していないのだと、今度は私が言う番であった。だが私は彼にその苦しみを容赦し、すべてを神の摂理と未来の手にゆだねた。（『わが生涯の歴史』）

翌年の秋、ショパンが死の時を迎えるまで二人が再び会うことはない……。

『共和国公報』への執筆

臨時政府は三月一五日の閣議で、「内務省は『共和国公報』に掲載する論文に関し、ジョルジュ・サンド夫人と合意を図るものとする」ことを決定し、執筆を懇請した。

政府と人民の間の最も堅固な絆は思想と感情を

BULLETIN DE LA RÉPUBLIQUE.

MINISTÈRE
DE L'INTÉRIEUR.

Liberté, Égalité, Fraternité.

N° 8.

Paris, le 28 Mars 1848.

CITOYENS,

RÉPUBLIQUE FRANÇAISE.

Paris. — Imprimerie de E. MARC-AUREL, rue Richer, 12.

▶『共和国公報』第八号

たえず交換することである。民衆を軽視していた王政は民衆に語りかけることを必要としなかった。共和国政府は人民を啓蒙するためにたえず人民に語りかけねばならない。人民を啓蒙することは人民をより良くすることであり、より良くすることはすなわちより幸福にすることだからである。

(『共和国公報』創刊の辞)

という精神のもとに、『共和国公報』は

とりわけ都市労働者や農民層の啓蒙を目的とした。また、臨時政府が打出す政策のプロパガンダの機関でもあった。三月一三日発行の第一号から五月六日の第二五号まで、概ね四八×六四（㎝）の壁新聞がフランス全土にわたって、当局の指令で広場や壁に掲示されたが、この『共和国公報』執筆で、ジョルジュの一八四八年の革命への関与はまさしく頂点に達した。匿名での掲載ではあったが、最も直接的な関与であった。発刊された二五号のうち、ジョルジュが執筆したものは九号とされているが、加えて第三号、第四号には、すでに他紙に掲載した「民衆への手紙（第一部）」、「富める者への手紙」が転載された。

長い圧政をはねのけてついに立ち上がり、しかもなお、いたずらに過激な報復的行動に走らなかったパリの民衆の

節度ある態度に感激したジョルジュが、ノアンに帰って目にしたものは、その熱狂を凍りつかせるほどの農民たちの意識の低さであった。何としてでも彼らを覚醒させねばならない。必要なのは教育である、とジョルジュは考える。

共和国はあなた方に無償の教育を提供しなければならない。その教育の力であなた方は不誠実な代理人に騙される心配なく、公務や私事を自らの力で行えるだろう。一家の父親は、子供たちを学校へ行かせることで、子供たちが危なっかしい仕事を求めて農民という尊敬に値する身分を棄てるようになるなどと恐れる必要はない。不平等の支配する体制下では、知性を発達させることは飽く

▶『真の共和国』誌

Lundi 21 et Mardi 22 mai 1848. N° 57 et 58.　Rue Coquillière, 12 ter.

LA VRAIE RÉPUBLIQUE

Rédacteur en chef: T. THORÉ.

Collaborateurs: PIERRE LEROUX, GEORGE SAND, BARBÈS, etc.

なき野心、誤った欲望、田園の平和で純粋な労働に対する不当な蔑視を生み出した。平等の支配する体制下では、教育はもはや例外的なことではない。誰もがより強く、より有用になったと感じるだろう。そして、悪賢い人間も素朴な人々の信じやすさに付け入ることはもはやできないだろう。もはや誰も紳士ではない。誰もが読み書きできるから

だ。息子が父や母を軽蔑することは断じてない。全ての人間が市民であり、最も尊敬される人間は最も学問のある人間では決してない。最も尊敬されるのは最も賢明で、最も誠実な人間なのだ。

（『共和国公報』第七号）

ジョルジュはさらに「自分の思うままに作る」定期刊行物の発刊を夢みる。

新聞のようなものを発刊するために数日後にパリに戻る予定です。私の歌の伴奏をする最良の楽器を選ぶつもりです。私の心は充ち、頭は燃えています。体の調子の悪さも、個人的な苦悩も忘れ

てしまいました。私は生きています。生き生きとして、精力的に動き回り、まるでまだ二〇歳のようです。

（シャルル・ポンシへ、三月八日）

私はほとんど一人で、日曜日に刊行する『民衆の大義』第一号を書き上げましたよ。

（モーリスへ、四月九日）

第一号の「序」で発刊の精神が述べられる。

……〈孤立した人間は神の前でいささかの価値もない。彼は人類に働きかけることができないゆえに〉。私の意味する、孤立した人間とは、人類の

血管の中に流れている生命の拍動を聞こうともせずに、知的、精神的隠遁の中に徹底的に閉じこもっている人間のことである。私の意味する、孤立した人間とは、階級や党派精神に一貫して固執し、神権政治や特権の長や布教者、あるいは信奉者となる人間のことである……。

真理の道から外れないために避けなければならない二つの暗礁がある。すなわち、党派や個人の驕《おご》りによる誤謬と、階層や個人的利害による誤謬である。

これら二つの暗礁は同一の誤謬、つまり、真理はこの世にあって孤立した啓示であり得ると考える誤謬が生み出した。この誤謬は貴族政治や神権

政治の原理の上に必然的に根拠を置いている。共和主義的感情、すなわち、平等を目指す感情はわれわれの中にあるその誤謬を打破しようと努め、変貌した人類の中にあっても闘うであろう。
　真理は神がある特定の人間にだけ授ける恩恵ではない。全ての人間にそれを教える役割を彼らに託しているのだ……。

　四つ折りの一六ページからなるこの週刊新聞は四月九日、日曜日に刊行された。期待に反して予約購読者が集まらず、たちまち陥った資金不足のために、四月一六日、四月二三日と、わずか三号が続いただけであったが、ジョルジュは自分の署名のもとに、政治分析を展開し、今日的意義を持

つ報道を目指して、四月の日々のきわめて優れたルポルタージュを掲載した。

フェミニストたちへの拒絶

　ところで、この二月の日々、パリの至る所に築かれたバリケードの上にも、弾薬工場にも、あるいは、街を行進するデモの行列にも女性労働者の姿が多く見られた。こうした熱気の中で、サン＝シモン主義に傾倒して彼女たちの生活向上のために身を挺して闘うフェミニストのウジェニー・ニボワイエは日刊紙『女性の声』を発刊した。そして、女性の市民権、参政権をかち取るために、女性に選挙権がないという明白な事実を無視して、ジョルジュ・サンドを憲法制定国民議会のための選挙の候補者として、ジョルジュ

に了解を求めぬまま、四月六日付けの同紙に発表した。

われわれの共感を集めている代表者、それは男性であり、同時に女性である人物、力強さにおいては男性であり、神聖な意図と詩情から女性である人物、われわれはサンドを指名した……憲法制定議会に召集される最初の女性は男性により承認されよう。サンドは彼らと同じではない、だが、その天分が彼らを驚かせ、おそらくは卓越した幻視者である彼らは彼女の天分を男性的であると言うだろう。彼女は精神では男性となったが、母性の点では変わらず女性である。サンドは偉大であるが、何人をもおそれさせはしない。すべての女性の願いで、票を投じられるべきは彼女である。

女性が選挙権を持たぬ事実を覆い隠すこの指名をジョルジュは四月八日、『改革』誌、『真の共和国』誌で冷ややかに拒絶した。

一、いかなる有権者にあっても、気まぐれにも投票用紙に私の名を記すことで票を失うことのないように。
二、クラブを作り、新聞を発行しているご婦人たちを一人として知る光栄を私は持たない。
三、こうした新聞紙上で私の名、あるいは頭文字で署名されている記事は私の手になるものでは

▶女性のクラブ（ゴスラン筆、一八四八年）

ない。

私に好意を寄せていただいたご婦人たちに、その熱意に反するような措置を取ったことをお許しいただきたい。これらのご婦人たち、あるいは他のあらゆる女性たちが互いに討議している思想に対してあらかじめ反論する意図はない。思想の自由は男女両性に与えられたものである。だが、私の同意なしに、私がこれまで友好的であれ、敵対するものであれ、いかなる関係も断じて持ったことのない婦人クラブの旗手と私をみなすことを看過するわけにはいかない。

〈女性が結婚により夫の後見下に置かれている〉社会で、

ジョルジュが求めたものはまず民法上の両性の平等であった。そして、女性の隷属性は自然に由来するものではなく、社会慣習が確立したあまりにも長い間の教育の差別こそが女性を劣性にした、したがって、隷属状態からの女性解放のためには何にもましてなすべきことは、なおざりにされてきた女子教育の早急な改革であると主張する。

五月一五日事件と六月蜂起

ジョルジュは忙殺される。

　まるで政府の人間のように忙しくしていますよ。今日、すでに政府の回状を二部書きました。文部省と内務省のものです……至るところで私を呼んでいます、どちらに耳を向ければよいのか分からないほどです。でも、願ってもないことですよ。

（モーリスへ、三月二三日）

　この時期、ジョルジュの仮寓は臨時革命政府が置かれたリュクサンブール宮にほど近い、コンデ街にあり、時にその〈むさくるしい部屋〉に政府閣僚が訪れ、秘密会議がもたれることもあった。

　こうした日々の一日、政治学者であり、また歴史家でもあるアレクシス・ド・トクヴィルは、パリを訪れていたイギリスの国会議員モンクトン＝ミルンが催した晩餐会でジョルジュに初めて出会い、言葉を交わした。

▶一八四八年六月蜂起（E・メソニエ筆）

われわれが恐ろしい闘争の前夜にいることを私は疑ってはいなかったが、そのあらゆる危険を充分に理解したのはサンド夫人と交わした会話からであった。……私はサンド夫人に対して大きな偏見を抱いていた、というのも、私は物を書く女性を嫌悪しているからである。……それにもかかわらず、夫人は私の気に入った。顔はかなり鈍重な感じがするが、素晴らしいまなざしであった。全精神が顔の他の部分を見離して、いわば物質にしてしまい、目の中に引きこもったようであった。とりわけ私が強い印象を受けたのは、夫人の中に偉大な精神から発する自然な様子のようなものが存在することであった。夫人は実際、態度や言葉に真の気取りの無さを見せていた……私たちは一時間にわたって政治情勢について語った……サンド夫人はこの時、政治家のようであった。政治に関して夫人が話したことは私には大きな衝撃であった……。

サンド夫人はきわめて詳細に、また不思議なほど生き生きと、パリの労働者たちの状態について、彼らの組織や数や武器について、彼らの行動や思想や恐るべき決意について眼前に描き出した。夫人の描写は誇張されているとその時は思った。だが、そうではなかった。つまり、その後に起こったことがそれをはっきりと証明したのだ。

（トクヴィル『回想録』）

五月一五日。ポーランド支援のためのデモが暴動となり、議会に侵入。首謀者は国民議会解散を宣言したが、クーデタは失敗。バルベス、ブランキ、ルルーらが逮捕された。

この五月一五日事件のシナリオを、「憲法制定国民議会選挙の結果が一特権階級の利益を表すものであれば、代表決定を保留するよう」主張した、四月一五日発行の『共和国公報』第一六号に読み取る者もいた。イタリアへの亡命を家族や友人は促すが、ジョルジュはそれを拒んで、五月一七日、ノアンに向う。

事態はさらに悪化。一八四八年の春、パリにおける失業率がほとんどの産業で五〇パーセントを大きく超える中、国立作業場が閉鎖されたことに絶望して、六月二三日から

▶ジョルジュ・サンド四〇歳頃（推定、キアトフスキ筆）

二六日までの四日間、パリの労働者が武装蜂起して抵抗。政府側の死者、一六〇〇人、反乱側の死者、四〇〇〇人を数える悲劇的結末を迎えた。さらに、熾烈を極めた弾圧。

プロレタリアの命を奪うことから始めるような共和国の存在を私はもう信じません。これこそ悲惨さの問題に与えられた奇妙な解決法です。

（マルリアニ夫人へ、七月半ば）

まさしく階級闘争であったこの六月蜂起は二月革命以来の社会状況を決定的に変えた。階級間の融合を切望してジョルジュが描いてきたユートピアは霧散した。言いようのない虚脱感と深い悲しみの底にジョルジュは沈んだ。

＊フランスの革命家。一八三九年五月の「季節社」の蜂起、五月一五日事件の首謀者の一人。一八〇九—一八七〇年。
＊＊フランスの社会思想家、革命家。七月革命・二月革命に指導的役割を果す。一八〇五—一八八一年。

10

革命の嵐が過ぎて

——ノアンの奥方

一八四八——一八七六年

ノアンに戻ったサンドは『魔の沼』等の瑞々しい田園小説を執筆し、〈ノアンの劇場〉での自作の芝居や孫娘の教育に喜びを見出す。残りの生涯を共にするマンソー、美しい手紙を交わした友人フロベール。そして最後の時を迎える。

田園小説群

何とひどい時代でしょう！　語る言葉もなく、悲嘆に暮れています。友愛に充ちた共和国という、われわれの美しい夢がこのような結末を迎えたことに私は苦しんでいます。

（ベルトルディへ、一八四八年六月二九日）

涙を流すしかありません。私には未来があまりに暗いものに思われ、銃弾で頭を打ち抜いて自殺してしまいたい気持ちと必要性を強く感じています。

（エッツェルへ、七月四日）

あなたは若くて、健康に恵まれています。より良い未来を目にされましょう。でも、この私にはその慰めを味わえるかどうか、疑問です。私は打ちのめされ、茫然として、一〇〇歳も年老いてしまったように、そして、希望を失わぬための空しい努力をしているように感じています。

（デュヴェルネへ、七月一五日）

五月以来、隠遁して自分自身で蟄居してきました。あなたの隠遁のように苛酷で残虐なものでは全くありません。でも、心が広く、強靭なあなた以上に多くの悲しみと落胆を味わいました。

（バルベスへ、一一月一日）

▲ジュール・エッツェル
(1814-1886、ナダール撮影)

▲アルマン・バルベス
(1809-1870、バザン筆)

　二月革命は勃発からわずか数ヵ月でもろくも挫折した。革命への熱い期待が無残にも打ち砕かれ、眼前にさらけ出された、理想からあまりに遠い現実の姿にジョルジュが絶望に打ちのめされたことは確かである。だが、苦い幻滅の中から再び顔を上げ、遠い、来るべき将来に目を向ける。ジョルジュがペンと思想を、そして強靭な精神を棄てることはない。

　イタリア独立運動の指導者マッツィーニや、五月一五日事件の首謀者の一人としてヴァンセンヌの牢に囚われたバルベスらとの熱心な文通を通して政治的、社会的考察を深める。

　そして何よりも、ジョルジュは「文学」に戻った。

われわれがどれほど深い悲しみの底に沈み、不幸であろうとも、われわれから、自然を愛し、その詩情に心を休める喜びを奪うことはできない。われわれが不幸な人々に与えられるのはもはやそれだけだから、かつて望んだように、もう一度、芸術を創り出そう。これほどまでに心和む詩情をやさしく褒め称えよう。傷を癒す植物の液のように、人類の受けた傷の上に詩情を注ごう。

『少女ファデット』序（初版）

一八四四年に発表した『ジャンヌ』、一八四五年の『魔の沼』、一八四七年から一八四八年にかけての『捨て子のフランソワ』に続いて、詩情に溢れたベリーの大地――ジョルジュの愛してやまない〈黒い渓谷〉を舞台にした田園小説の中でも、精緻な心理描写と「揺らめく光と漂う香りまでも写し取った」みずみずしい自然描写から屈指の名作と評される『少女ファデット』が、日刊紙『ル・クレディ』に一二月一日から翌四九年一月三一日まで掲載される。

▲ポリーヌ・ヴィアルド（一八二一―一九一〇年）

▲『魔の沼』（モーリス筆）

一八四八年一二月一〇日、ルイ・ナポレオン、大統領選挙に圧倒的勝利。

一八四九年一〇月一九日、ショパンがパリのヴァンドーム広場に面した部屋で息を引き取った。音楽家がすでに絶望的な病状にあることを知らされてはいたが、ジョルジュがその枕辺に駆けつけることはなかった。それから二週間後の一〇月三〇日、マドレーヌ寺院で行われた追悼ミサにもその姿はなかった。ショパンが望んだモーツァルトの「レクイエム」を歌ったのは、輝くノアンの夏をともに過ごしたポリーヌ・ヴィアルドであった……。

健康を失い、病気になりました。彼の死を深く悲しんでいます。枕辺で優しい言葉が語られなければなりませんでしたのに。あの空の高い所で、あるいはどこか低い所で（私たちが死後どこに行くのか私には分かりませんから。でも、人々がこの地上でよりも幸せな所、そして、もっと良く見える所ですわ）、彼は、九年の間、私が自分の子供を看護するように彼を看護したことを、彼の嫉妬や気まぐれのために私が申し分ない愛情や誠実な関係を犠牲にしたことを、彼がその一生の間、身体の痛みに苦しんだ以上に私が彼に対する愛情のためにこの九年間、心の苦しみを感じ続けたことを思い出してくれることでしょう……でも、辛く、不誠実や許しがたいほどの不正に満ちたこの世を私はもう恨んではおりませんわ。

（エッツェルへ、一一月五日）

ショパンの死から一年半ばかり経った一八五一年五月、『椿姫』で一躍脚光を浴びた若き作家アレクサンドル・デュマ・フィスがポーランドの街ミスロヴィッツで、かつてジョルジュがショパンに宛てた手紙の束を偶然、手にした。ジョルジュは手許に戻った手紙をすべて火に投じた……。

アレクサンドル・マンソー

一八四九年一二月、息子モーリスの友人、版画家のアレクサンドル・マンソーがノアンの客人となり、やがて、ジョ

▶アレクサンドル・マンソー
（一八一七—一八六五年、ナダール撮影）

ルジュの秘書に、そして愛する人となり、一八六四年、死を迎えるまで、ジョルジュの傍らにあって、支え続けよう。

ええ、彼を愛していますよ！……彼は貧困の中に生まれました、精神的なものであれ、その他であれ、どんな教育も受けていません。何も学びませんでした、見習いに出たのですよ……彼の気質は驚くほど芸術家です。彼の知性は並外れていますが、それは彼にだけ役立つものです、したがって私の役に立つというわけです。彼は何も知りませんが、すべてを見抜きます……彼は知識を得ることを、愛されることを、高貴になることを望んでいます。彼には金銭や名声の野心はありません。

▲ノアンの風景（モーリス筆）

神の前で、自分自身の前で、愛しているわずかな人々の前で立派になることを望んでいるのです……私は彼を愛しています、心から愛しています、彼の欠点も、おかしなところも、間違いも……私は幸せです、どんなことにも耐えられます、彼の不在さえも……。

（エッツェルへ、一八五〇年四月）

もっと長く滞在なさるべきでした。本当にあなたのためになったでしょうに、あなたには良い空気を吸って、仕事のことを忘れる時間さえありませんでしたわ……。

私は元気です。そして幸せです、とても幸せですよ。このことに気づくことができ、少々身勝手

▶ジョルジュ・サンド（マンソー筆）

ながら、この幸せに身をゆだねることができるのは生涯で初めてだと真実、思います。これまで、私の愛情には献身がつきものでしたから、自分の方がそれを手にしようなどとは考えもしませんでした……ひどく不幸で、ひどく忍耐強かった人生のおかげでこの幸せにきっと恵まれたのでしょう……私は四六歳になり、髪も白くなっていますが、そんなことは大したことではありません。若い女性以上に年老いた女性は愛されるものですね、それが今の私にはよく分かっています。

（エッツェルへ、一八五〇年七月七日頃）

◀ノアンの劇場（モーリス筆）

〈ノアンの劇場〉

ノアンの城館には以前にも増して多くの客が滞在した。首都の喧騒に疲れた友人たちにとってノアンは緑に包まれたいわばオアシスであった。賑やかで、幸福感に満たされ、そして知的な生活が花開いた。少女の頃からルソーの強い感化を受け、自然に、とりわけ、ベリーの自然に限りない愛着を抱くジョルジュは友人たちを遠出に誘い、木陰やクルーズ川のほとりに憩い、珍しい蝶や植物の採集に時を過ごした。

首都から遠く離れた田園の中の城館で過ごす宵の大きな楽しみの一つは、ジョルジュの書いたシナリオを、皆がにわか役者になって、城館にしつらえた小さな劇場で上演す

ることであった。ジョルジュは、パリの修道院付属の寄宿学校時代に、モリエールの戯曲『病は気から』を自ら翻案して仲間たちと上演し、大成功を博したことを忘れられぬ思い出として、その一部始終を『わが生涯の歴史』で詳細に綴っているほど、少女の頃から芝居を好んだが、この〈ノアンの劇場〉を考えついたのは、パントマイムがひどく得意で、皆をよく笑わせていたショパンであった。

彼はピアノを即興的に弾き、居合わせた皆を思う通りに動かした。思いつくままに、滑稽なものから厳格なものに、道化から荘厳に、優雅から情熱に、と変化させた。次々にいくつもの役を演じるために、衣装を即席で作った。（『ノアンのマリオネット劇場』）

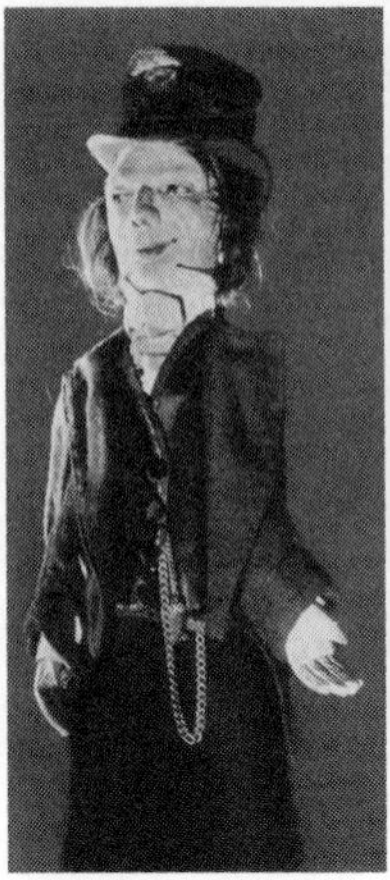
▲バランダール

▲コロンビーヌ

▲アルルカン

ジョルジュは音楽家の気慰みのために即興のシナリオを書いた。やがてモーリスがマリオネットのための小さな劇場を自分のアトリエの中にこしらえた。菩提樹の切株で人形を彫り、ジョルジュが衣装を縫った。

コンメディア・デッラルテの登場人物よろしく、アルルカン（道化）、コロンビーヌ（女中）、バランダール（座長）……と名づけられたこれら無数の人形は今もなおノアンの城館にあって、訪れる人々の眼前に、かつてここで繰り広げられた陽気で、幸せに充ちた夜の集いを髣髴させる。せりふや笑い声や拍手とともに。

ビリヤード室に大きな劇場を作ってありましたが、楽屋が狭すぎて、すっかり作り直しています……脚本通りの場面と各自思い思いのことを話す随意の場面とが混じり合っていますよ。二〇年来、パリで見てきたどんな芝居よりも多くのことを、私はノアンの大人や子供の俳優から学びました。

　真面目な戯曲は時々信じられないくらいうまくいきますが、多くの場合、恐ろしいほどの失敗です……パントマイムの方はしくじったことは一度もありません。ミュラー*が指揮のピアノを私と交代します。衣装は劇場では見られないほど丹念に作られ、見事です。

　三幕の大きな芝居が終わるのは真夜中です。パントマイムも同様に三幕で、朝の三時に終わります。劇場を出て、十分暖められ、夜食が準備されているサロンに駆け込み、朝の五時か六時まで上演中の思いがけない出来事を笑い合います。そして、翌日、またこれが繰り返されるのですよ。

（アラゴへ、一八五〇年一月一二日）

＊ドイツの革命家。ギリシャ学者。一八一二—一八九三年。

一八四九年一一月、脚色した『捨て子のフランソワ』がオデオン座で初演。大成功を博し、長期間にわたって観客

▲ノアンのマリオネット劇場のポスター
（モーリス筆）

を集めた。

コレージュ・ド・フランスでの講義で、「未来においても演劇が、教育の、また人々を近づけあうための、最も力強い手段であるのは明らかです。これがおそらく、国民の革新について最良の希望を与えるものとなるでしょう」と語り、演劇の公民教育としての大きな役割、民衆を友愛の感情で緊密に結びつける絆としての役割を確信する歴史家ミシュレは、オデオン座で『捨て子のフランソワ』を観劇した後、ジョルジュに賛辞を書き送った。

演劇、真の演劇が世界を変革しましょう。演劇がその役割を果たす時、それはあなたのペンを通してです。あなただけがあらゆる言葉を持ってお

られます。あなたがお望みになれば、民衆はあなたの言葉に耳を傾けましょう。（一八五〇年四月二日）

知識層のみならず、文字を読めない社会層、あるいは、「一日の苛酷な労働に疲れ果て、文字を前にするとたちまち眠気を催す」ような労働者たちをも同様に感動させることのできる演劇というジャンルが、二月革命挫折後のジョルジュの創作活動にあって主要な位置を占め、ジョルジュは戯曲の創作に情熱を傾ける。〈ノアンの劇場〉は、新たに書いた戯曲をパリの舞台に上げる前の、いわば実験室ともなったが、『捨て子のフランソワ』以後、パリの劇場で上演されるジョルジュの戯曲は二〇篇を数える。ゲテ座での上演が一二日目に早くも打ち切られた、一八五一年の『モリエー

▶ジョルジュ・サンド（T・クチュール筆）

ル』のように失敗作も少なくはなかったが、同じ年、ジムナーズ座で初演された『ヴィクトリーヌの結婚』は二五年後の一八七六年にコメディー＝フランセーズで再演され、上演回数一〇六回を数える成功を博すことになる。

　中でも、一八六四年二月二九日、オデオン座での『ヴィルメール侯爵』の初演は人物設定や、見事な心理描写、気取りのない、だが生彩のある言葉に加えて、そこに盛り込まれた、社会的偏見や拘束に反駁する思想から大喝采の騒ぎとなり、劇場始まって以来の大成功を収めよう。ジョルジュを熱狂的に支持するパリの学生たちが、「ジョルジュ・サンド万歳！」と叫びながら、ジョルジュを家まで送ろうとするだろう。

ノアンでの執筆生活

ノアンでの調和のとれた生活の中でジョルジュは、以前とまったく変わらず、規則正しくペンを走らせ、小説、戯曲を書き、増え続ける文通相手と驚くばかりの数の手紙を交わした。ジョルジュは家人や客人たちがそれぞれの部屋に戻った深夜から朝六時頃まで執筆。午後は領地や館の管理、七、八人の召使の監督、庭園内の畑の仕事や花作りをする。夕食後は、村の家具職人ピエール・ボナンのこしらえた大きな楕円形のテーブルを囲んで、「書き物やデッサンや、花の写生や、昆虫採集の準備、写譜、刺繍、マリオネットのための衣装作り、トランプ遊び……など、実に多くのこと」をして夜を過ごした（ノアンでの生活に重要な役割を果たしたこのテーブルは今もなお城館のサロンにある）。ジョルジュは城館の暖房やかまどのためにさまざまな工夫を台所に凝らしたが、ジャム作りが得意だったこともよく知られている。

一八五一年三月、ジョルジュは編集者エッツェルと、〈四スー文庫〉と言われる判型の全集廉価版を企画する。

私の中にある全てを、私は危険を冒し、命がけで、数多くの小説の中に注ぎ込みましたが、編集者たちは一度として、これらの小説を普及させることが出来ず、また普及しようともしませんでした。私の作品を読んだ中産階級の人々を私は傷つ

けましたが、読めなかった民衆を私は教化できませんでした。私の作品に投入し得たごくわずかな有用なものを活用するために、私の全作品の廉価版を自費で出版する決心をしています。私のささやかな文学の財産がこの試みで得られるか、それとも失われてしまうか、どうでもいいのです。自分の書いたものの価値を過信してはいませんが、社会のさまざまな階級の人々を教化し、高めるために可能な限りのことをした作品が、文字の読める、そして読みたいと望んでいる全ての人々の手に届くよう、私はできる限りをすることになるでしょう。

（オーカントへ、一八五一年三月一六日）

同じ日に、トゥーロンの石工ポンシにもこの企画を知らせる。

廉価版の全集を出版するために目下、利息をつけて大金を借りていますよ。ほとんどが民衆のために書かれているのに、出版者たちの愚かで、貴族階級的な投機のおかげで中産階級の人間だけが読んできた作品を普及させる手段なのですよ。

一一月二六日、ジムナーズ座で『ヴィクトリーヌの結婚』の初演。成功を博す。

一二月二日、大統領ルイ・ナポレオン自らが実行したクーデタにより上演が中断。

一八五二年一一月二一日―二二日、国民投票で帝政復活を圧倒的多数で承認。

一二月二日、ルイ・ナポレオン・ボナパルト、ナポレオン三世として皇帝に即位。

民間伝承の世界

一八五三年七月、『魔の沼』、『捨て子のフランソワ』、『少女ファデット』に続く、〈田園小説〉の四作目、『笛師の群れ』を発表。田園のベリー地方、森林のブルボネ地方の自然と笛師たちの社会を舞台に、若者たちの清新な愛が描かれる。ジョルジュはこれら四連作を、「麻打ち夜話」という総題のもとに伝承集として構成する計画を持っていた。この計画は実現しなかったが、ジョルジュが、とりわけ中部フランスの農民たちの習俗や風習に関心を持ち、民俗の世界に題材やインスピレーションを得たことを伝える。例えば、『魔の沼』には、ベリー地方に伝わる婚礼の習俗を記録した民俗学的報告が付され、貴重な文献となっている。また、『笛師の群れ』では笛師たちの秘密結社的組織が精密な資料と正確な観察に基づいて描かれ、荒野の魔人から秘曲を伝授される、幻想的な雰囲気が濃く漂う。

ジョルジュは、一九世紀中葉、農村部に押し寄せた中央集権化と合理主義の波に、農民たちの間で語り伝えられ、謡い継がれてきた伝説や古謡が彼らの記憶から失われつつあることを憂い、それらが消滅してしまう前に採集、記録し、できる限り本来の形で――麻打ちたちの言葉で――書きとどめておこうとする。そして、息子モーリスの製作したリトグラフ一二葉の挿絵を入れて、一八五八年、『田園伝説集』を発表。妖精や、狼男や、夜の洗濯女や、不思議な獣や巨石……が紡ぎ出す、ベリーの民衆の伝承の世界は、遥かな昔、少女オロールが夏の夜なべに麻打ちたちの語る話に心を奪われた幻想に満ちた世界であった。

曇って灰色がかった夜、麻打ちが、いたずら好きな妖精や白兎や、永劫の罰を受けた魂や、狼に化けた魔法使いや、四辻の魔女の集会や、墓地の預言者の梟《ふくろう》などの不思議な出来事を語る。麻打ち機の周りで過ごした宵の時間のことを私は今でもよく覚えている。動いている麻打ち機がすさまじい音を立て、麻打ちの話を一番怖ろしいところで中断すると、身体中の血管が凍りついたように身震いするのだった。麻打ちの老人はしばしば麻を打ちながら話を続けたから、聞き取れない言葉がいくつかあった。それはきっとぞっとするような怖ろしい言葉だったから、もう一度繰り返しても

▲ナポレオン3世
(1808–1873、ヴィンタラルテール筆)

らう勇気がなかった。言葉が聞き取れないことで、それでなくてももう十分に不気味な話にもっと怖ろしい謎が加わるのだった。子供たちの寝る時刻はとっくに過ぎてしまったのだから、もう家に帰らなければならないと、下女たちが注意しても無駄だった。下女たちだってもっと聞きたくてたまらないのだ。それから村の集落を横切って家へ帰るとき、どれほど恐怖にとらわれたことだろう！教会の入り口がどんなに深く、老木の陰がどんなに濃く、黒く見えたことだろう！　墓地はと言えば、見たこともなかった。その傍を通る時は、誰も彼も目をつぶっていたからだ。

（『魔の沼』付録「田舎の婚礼」）

押し寄せる近代化の波を受けて消えようとしている伝承の世界に向けられたジョルジュのまなざしは、近代の産業社会が孕む人間性喪失にいやおうなく直面している労働者階級に注がれる。一八五九年の初夏、オーヴェルニュ地方を旅したジョルジュは、山間の町ティエールの刃物工場で〈分業化された仕事〉に従事する労働者たちを目の当たりにし、彼らを取り巻く状況を『黒い町』に写し出す。ゾラの『ジェルミナール』（一八八五年）に四半世紀、先んじて書かれた「産業小説」である。

〈祖母〉であること

一八四八年三月、ジョルジュがショパンに最後に出会った時、ソランジュが女の子を出産したことをショパンから伝えられたが、赤ん坊はわずか一週間、生きただけであった。

　翌一八四九年五月、ソランジュの第二子、ジャンヌ＝ガブリエル誕生。

　一八五二年夏以来、ソランジュ夫妻の確執、別居からノアンに預けられた孫娘をジョルジュはニニと呼んで、惜しみない愛情を注ぎ、その教育に専念した。かつて二人の子供たちと過ごした日々の喜びが蘇る。

　ニニは元気はつらつとしていますよ。性格はすっかり変わりました。かんしゃくを起こすこともありません……どんな些細なことにも私は細心の注意を払っていますよ……物分りも驚くほど進歩し、庭や、花や、灰色の外套を着たお日様や、金の足を持ったお星様、アオイの花が閉じている間に夕方咲くオシロイバナや、光る虫のことを一所懸命に話してくれます……ともかくこの子ほど愛らしいものはありませんよ。　（ソランジュへ、一八五二年九月二一日）

ジョルジュはニニのために庭園内に箱庭を作ることを思いつく。マンソーも手伝い、洞窟や噴水を作る。

　毎日、私の小さなトリアノンのために働いていますよ。小石を手押し車で運び、キヅタを引き抜いては植えています。この小さな庭ですっかり疲れてしまい、それでこの上なくよく眠り、よく食

▶サンド五二歳（モーリス筆、一八五六年）

べています。（ベルトルディへ、一八五三年一〇月二八日）

一八五五年一月、パリの寄宿舎に入ったニニ、しょう紅熱で死亡。ジョルジュはこのあまりに突然の死に打ちのめされる。

昨日、犠牲になったあの子を私の祖母と父の傍に埋葬しました。今日は誰もが悲嘆に暮れています。こんなに激しい悲しみがいつまで続くのか分かりません。打ち負かされないよう精一杯頑張りましょう。私に残されている人々のために生きたいと思っています。

（ベルトルディへ、一八五五年一月一八日）

二年来、私の生命はこの孫娘の中に移っていましたから、その突然の死は私からあまりにも多くのものを取り上げてしまい、私に何が残っているのか分かりません。考えてみる勇気もありません。あの子の人形、玩具、本、一緒に作った小さな庭、手押し車、小さなじょうろ、縁なし帽、手芸品、手袋だけをじっと見つめているのです……この引き裂かれる思いに私はたえず落ち込んでしまうのですよ。

（シャルトンへ、一八五五年二月一四日）

だが、息子モーリスが一八六二年五月、ジョルジュの三〇年来の友人であるイタリアの卓越した画家ルイジ・カラマッタの娘マルチェッリーナと結婚。その翌年、生まれたマルク＝アントワーヌは一歳の誕生日を迎えた直後に亡くなるが、一八六六年にはオロール、一八六八年にはガブリエルが生まれ、この二人の孫娘がジョルジュに祖母であることの喜びを与えるだろう。

ロロと呼ばれるオロールはジョルジュそっくりのビロードのような黒い目をしている。

孫娘たちは背丈より高いヒースの茂みの中をまるで兎のように駆けていますよ。愛するものがすべて生き生きして、動き回っている時、人生は何と美しいのでしょう！

（フロベールへ、一八七二年九月二二日）

▲《オロールとガブリエル・デュドヴァン》(サンド筆)

ジョルジュはノアンの館で共に暮らす二人の孫娘をこよなく愛し、自然や花々や太陽を愛で、長い人生を経てきた自己の最良の部分を伝えようとする。人格の形成にとってきわめて重要な幼児期にふさわしい文学作品が極端に欠如していると考えてきたジョルジュは、その最晩年のペンを子供たちに捧げよう。

妖精や巨人やおしゃべりする木や花々が登場する不思議の世界に引き込まれた子供たちに、人間にとって最も大切なこと――自我、他者、生、死、神、正しいこと、働くことの大切さ……を優しく語りかけた『ピクトルデュの館』、『ばら色の雲』、『巨人イエウー』、『ものを言う樫の木』、『巨人のオルガン』など一三の物語が生まれる。

マンソーの死

一八六四年六月、ジョルジュのためにマンソーはパリ近郊のパレゾーに簡素ではあるが、牧場や麦畑の中の、緑に囲まれた家を購入。

一八六五年八月二一日、一五年の長い歳月、常にジョルジュの傍にあってひたすら支えてきたマンソーが結核で死亡。

二一日、月曜日。「見かけはまったく静かな夜を過ごした後、今朝六時に息を引き取った……寝台の上で彼の着替えをし、整えた。彼の目を閉じ、身体の上に花を撒いた。美しくひどく若く見える。ああ！　もう夜通し看病することもない。」

二二日、火曜日。「この死の眠りの傍で、独りで夜を過ごした！　彼は今では静かに寝台の上にいる。醜いもの、怖ろしいものは何ひとつない、悪臭はまったくない。摘んだばかりのバラの花を身体の上に撒く……今、独りでこの小さい部屋にいる、そして彼が、私の傍に。もう二度と彼の息遣いを聞くことはない。明日の夜はもう何もない、今よりもっと独りきりになる！　そして、永久に。」

（サンド「覚え書」）

私たちの可哀そうな友の苦しみは終わりました。真夜中、意識ははっきりして眠りにつきました……死が近づいていると気づかぬままに、そして苦し

▲モーリス・デュドヴァン
（ナダール撮影）

▲マルチェッリーナ・カラマッタ
（1842-1901、ナダール撮影）

▲孫オロール・デュドヴァン
（1866-1961、ヴェルド撮影）

▲孫ガブリエル・デュドヴァン
（1868-1909、ヴェルド撮影）

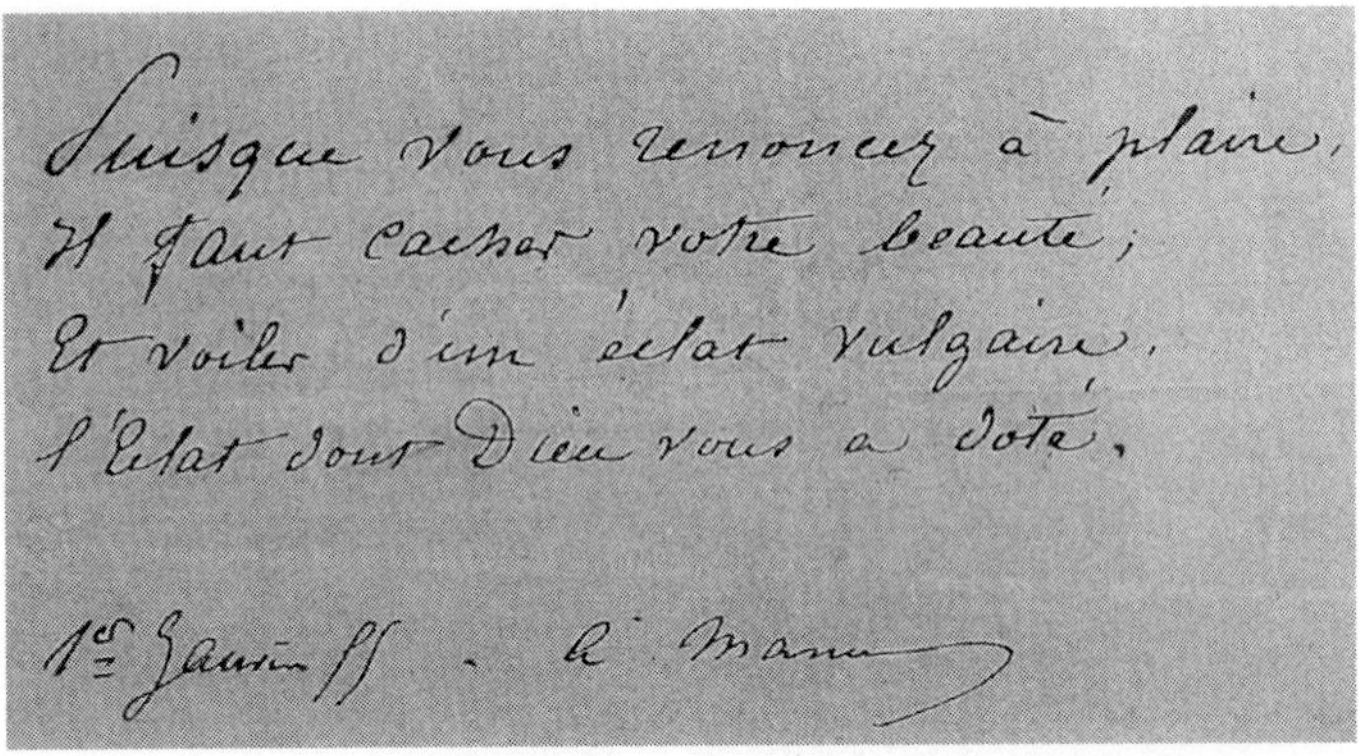
Puisque vous renoncez à plaire,
Il faut cacher votre beauté;
Et voiler d'un éclat vulgaire,
L'éclat dont Dieu vous a doté,

1er Janvier 55 . à Manceau

▲サンドがマンソーに贈った四行詩
（1855年1月1日）

む様子もなく息を引き取りました。彼に臨終の恐怖を容赦してくださったことを神に感謝します。彼は四、五ヵ月の間、恐怖にさらされていましたから、もう十分です……私は涙を流さないよう意志の力を振り絞っていますよ。（モーリスへ、八月二一日）

マンソーの死から一年後、ジョルジュはまだ独りパレゾーの家で彼の思い出とともにいる。

仕事を始める前に私の大切な仲間に夜の挨拶をすることが私に幸運をもたらしてくれるような気がします。

今、私の小さな家に独りきりでいます。庭師とその家族は庭の東屋《あずまや》に住んでいます。この家は村の一番外れにありますから、素晴らしいオアシスである田園の中に引きこもっているといったところです。ノルマンディー地方のような牧場や森やりんごの木があります……柳の木の下を音も立てずに流れている小川。静寂……ああ！　まるで原生林の奥深くにいるような気がします。聞こえるのは月光を浴びてダイヤモンドを休みなく積み上げている泉の湧き出る小さな音だけ……私はここでやはり悲しい思いでいます。私にとってはいつも無為であり、休息であった、この絶対的な孤独を今では、消えゆくランプのようにここで亡くなった、そして変わらずここにいる死者と分かちあっ

ています……悲しみは有害なものではありません。私たちが無感動になることを妨げてくれますから。

（フロベールへ、一八六六年一一月二一―二二日）

▲ガルジレスのジョルジュ・サンドの家
（ヴェロン筆）

フロベールとの交遊

ジョルジュがこの悲しみに充ちてはいるものの静謐な手紙を宛てたのは、一八六三年以来、手紙を交わしてきた、作家フロベールである。一八六二年に出版されたフロベールの『サランボー』に対する批評家の攻撃を不当とみなしたジョルジュは賞賛の記事を執筆し、『ラ・プレス』紙に発表した。フロベールは急ぎ礼状をしたためた。こうして、以後一〇余年間続くことになる二人の文通が始まった。

私が義務を果たしたことに感謝なさるには及びません……『サランボー』を実際に読む前に、『サランボー』について目にした文章はことごとく不当であったり、不十分なものでした。口をつぐんでいるのは臆病か怠惰であると私は考えました。両者はたいへん似通ったものですから。あなたの敵を私の敵に加えることになるとしても、多少の差があるだけのこと、構いはしません……。あなたが謝意を表してくださる言葉で私の心を捉えましたのは、友情が感じられる語調です。そして、それを受ける権利が私にはあると確信しています。

G・サンド

(一八六三年一月二八日)

あなた様が義務と呼ばれるものを果たされたことに感謝しているのではありません。お心の優しさに感動いたしましたし、共鳴していただけたことを誇らしく思いました。それだけのことです……。

追伸　私がよく何ヵ月も独りきりで過ごす田舎の私の書斎の壁に掛けておけるよう、あなた様の肖像を頂けましたら、たいへん嬉しいのですが。このお願いは不躾でしょうか……。

▲ギュスターヴ・フロベール
（1821-1880、E・ジロ筆）

Gve・フロベール
（一八六三年一月三一日）

二人は、性別は言うまでもなく、一七歳という年齢差、気質や経済的状況や政治的信条、なかんずく、作家としての芸術観や創作態度と、あらゆるものが相違していたが、この時以来、ジョルジュが死を迎えるまでの一〇余年間、ともに自らを〈老吟遊詩人〉と呼びながら、友情に溢れ、どんな時にも相手への敬愛の念と深い思いやりに充ちた手紙を交わし続けよう。フロベールは、最後の手紙まで〈大切な先生〉と呼びかけ続けたジョルジュに、セーヌ河畔のクロワッセの館を訪ねてくれるよう希《こいねが》い、一方、ジョルジュも修道僧のように孤独な闘いに神経と肉体をすり減ら

◀フロベールのクロワッセのあずまや（J・ブサール筆）

している〈大切な弟〉がノアンの陽光と孫娘たちの笑い声が弾ける家庭の団欒の中で休息のときを過ごすよう、飽くことなく誘う。

文学史上最も気品に充ちた美しい往復書簡と言われる二人の手紙は今日、ジョルジュからの手紙二〇四通、フロベールからの手紙二一九通を目にすることができる。

ノアンの城館は再び、多くの客人を迎え、デュマ・フィス、ナポレオン公ジェローム、フロベール、ツルゲーネフなど、新しい友人が加わった。

G・サンドという名の人間は元気ですよ。ベリー地方を支配している素晴らしい冬を心ゆくまで楽

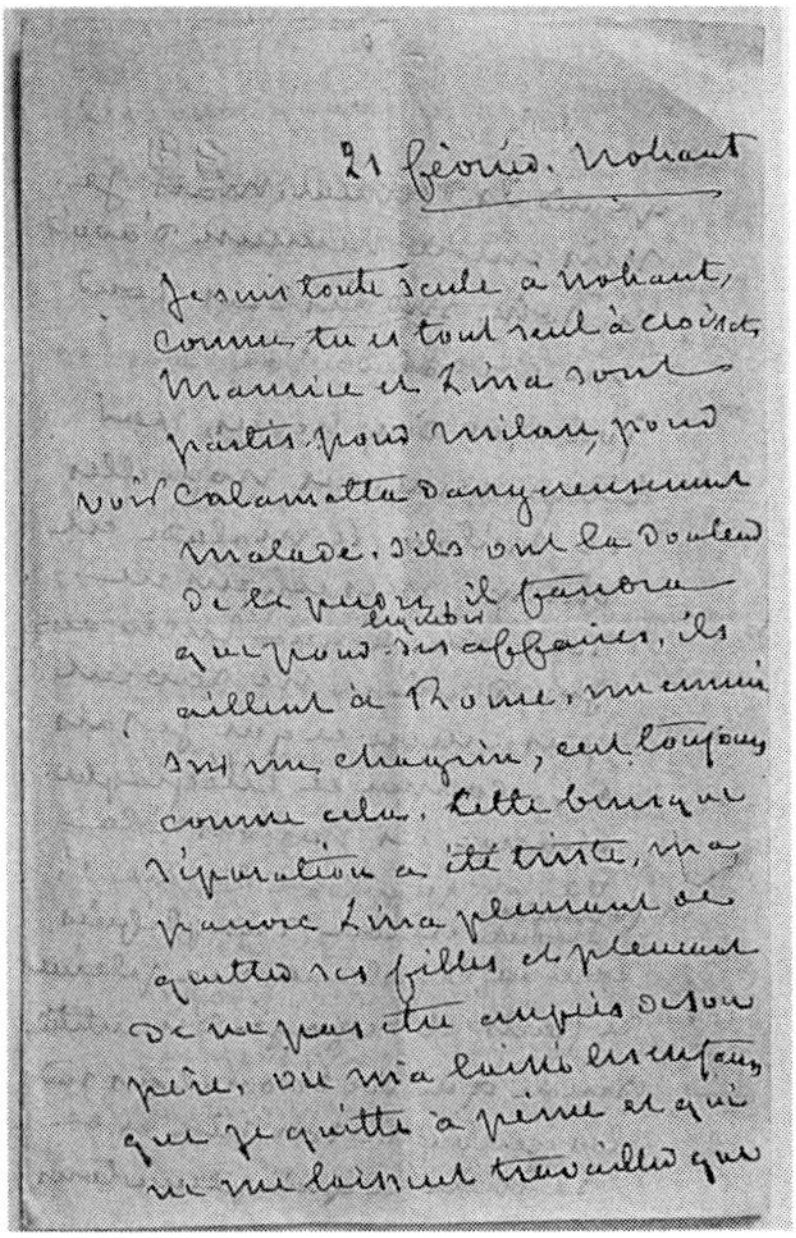

21 février. Nohant

Je suis toute seule à Nohant, comme tu es tout seul à Croisset. Maurice et Lina sont partis pour Milan, pour voir Calamatta dangereusement malade. S'ils ont la douleur de le perdre, il faudra qu'il pour ses affaires, ils aillent à Rome, mes ennuis est un chagrin, c'est toujours comme cela. Cette brusque séparation a été triste, ma pauvre Lina pleurant de quitter ses filles et pleurant de ne pas être auprès de son père. On m'a laissé les enfants que je quitte à peine et qui ne me laissent travailler que

▶サンドからフロベール宛ての手紙

しみ、花々を摘み、興味をそそる植物学的異常を指摘し、孫娘のためのワンピースや外套、マリオネットの衣裳を縫い、舞台装置を裁断し、人形に服を着せ、音楽について読んでいます。そして、とりわけ、小さなオロールと時間を過ごしていますよ、並外れた少女です。仕事から離れ、時折、月に向けてささやかな恋歌を、それが頭から離れぬ主題を詠《うた》ったものでありさえすれば、巧拙をさほど気にかけずに歌い、他の時間は心地よく散策している、この老吟遊詩人ほど心の中が穏やかで幸せな人間はいません。いつもこんなに素晴らしかったのではありません。愚かにも若かったのです、けれども、少しも悪をなさず、有害な情熱に捉われ

▲ノアンに集う仲間たち（モーリス筆）

ず、虚栄のために生きなかったので、平穏で、あらゆることを楽しむ幸せを手に入れたのです。この凡庸な人物は心からあなたを愛し、熱中した芸術家として孤独の中に身を置き、現世の快楽をことごとく軽蔑し、虫めがねで蝶や花を観察する楽しさを敵視している、もう一人の老吟遊詩人のことを考えない日は一日としてない、大きな喜びを味わっていますよ。私たち二人はこの上なく異なった労働者だと思います。でもこんな風に愛し合っていますから、万事うまくいきます。お互いのことを同じ時間に考えているのですから、自分と正反対のものを必要としているのですね……。

あなたは下品《ピニュフ》な人間を観察なさっているようで

▶ジョルジュ・サンド（ナダール撮影）

▲アレクサンドル・デュマ・フィス
（1824–1895、ナダール撮影）

▲イワン・セルゲーヴィチ・ツルゲーネフ
（1818–1883、ナダール撮影）

すね。私はそうした人間を避けます、知りすぎていますから。たとえ大きな価値がなくても、そんな人間ではない、断じて違う、ベリー地方の農民たちが私は好きです。〈下品な人間《ピニュフ》〉という語には計り知れなさがあります、これはもっぱら俗物《ブルジョア》のためにに作られたのですね？　……

（フロベールへ、一八六九年一月一七日）

普仏戦争

一八七〇年七月、フランス、プロシャに宣戦布告。普仏戦争開戦。

ノアンの平安な生活が一転する。

パリでは熱狂の叫び声を上げていると、プロシュ*が手紙で知らせてくれました。地方の状況は同じではありません。誰もが茫然としています。騙されはしません。国家の名誉が問題なのではなく、銃を試しに使ってみたいという、愚かで、おぞましい欲求、王侯の気まぐれがあるばかりです！どの家族も子供たちのことを考えて震えています。若者たちは危機に瀕した祖国の熱狂に支えられてはいません。

帝国の曲にあわせて「ラ・マルセイエーズ」を歌うのは冒瀆です……私の目には進歩に逆行する歩みが見えるばかりです。

私は大層悲しい気持ちでいます。今度ばかりは、私の老いた愛国心、太鼓への熱情は目覚めようとしません……私は未来を疑ってはいませんが、現在があまりにも醜いので、呪いの言葉を吐かずにそれを耐えるには勇気が必要ですね。

（アダンへ、一八七〇年七月一六日）

この動乱の真っ最中にあなたはパリにいらっしゃるのですか？　絶対的な支配者たらんとする国民は何という教訓を受け取ることでしょう！　自分たちに理解できない問題のために殺しあっているフランスとプロシャ！　今やわれわれはとてつもない災厄に見舞われています、たとえわれわれが勝利者になろうとも、こうしたことすべての

果てに、どれほどの涙が流されることでしょう！　目に入るのは、出征する子供たちに涙を流す貧しい農民ばかりです。遊撃隊がここに残っていた者を連れて行きます。差し当たり、どのように彼らを扱うことでしょう！　すべてを吸い込み、すべてをむさぼったにちがいないこの軍隊の行政部には何という混乱、何という無秩序が見られることでしょう！　このおぞましい経験が最後には世界に対して、戦争は撤廃されるべきであること、さもなければ、文明は必ず滅びることを明らかにするでしょうか？

われわれは今晩、ここに至った、つまり、敗北したのです。おそらく明日は、われわれが打ち負かし

＊ジャーナリスト。一八二四―一九〇九年。

たと知らされましょう。双方に、一体、どんな優れたもの、有用なものが残るというのでしょう？

（フロベールへ、八月七日）

この私は弱い心の持ち主ですよ。老吟遊詩人の中にたえず一人の女がいるのです。眼前に繰り広げられている人間の殺戮は私の哀れな心をずたずたにします。おそらく戦死することになる私の子供たちや友人すべてのためにも怯えています。それでも、こうした状況のさなかで、私の心は立ち直り、信念が高まるのを感じています。自分たちの愚かさに気づくために、われわれに必要なこの情け容赦のない教訓は役に立つはずです……この

騒乱から引き出される明確な、今日、誰の目にも明らかな原理があります。物質界にあってはいかなるものも無用ではありません。精神界もこの法則を免れることはできません。悪は善を生み出します。

（フロベールへ、八月一五日）

八月末、フランスに敗北感が広がる。
九月二日、ナポレオン三世、スダンで降伏。第二帝政崩壊。
九月四日、パリ民衆蜂起。共和政宣言。国防政府成立。
九月一九日、パリ包囲開始。

九月四日、日曜日。「ついに公式のニュース。悲痛な思い。重傷を負ったマクマオン、四万人と共

▲普仏戦争（Ｅ・メソニエ筆）

に降伏。唯一の慰めは皇帝が捕虜になったこと。だが、四万人が帰還するために、哀れな兵士たちがいかに多く殺されねばならなかったことか……帝政が終わった、それにしても何という状態においてか……。」

（サンド「覚え書」）

食糧不足と厳しい寒さがフランス国民を苦しめるなか、一八七一年一月、プロシャ軍がパリ砲撃開始。休戦協定。三月、プロシャ軍パリ入城。パリ・コミューン成立。そして、五月、同胞が同胞を殺戮する凄惨な市街戦を経ての崩壊。その後の白色テロ……。ジョルジュは信じ続けた理想が砕け、民衆に寄せた信頼が揺らぐのを感じる。怒りや幻滅やかすかな希望が交錯するなかで、一八七一年三月から四月にかけて、『戦時下のある旅人の日記』を執筆。

私はあくまでも共和主義の信念を持ち続けるつもりです。信念は強固でなくてはなりません！心と良心の信仰がこれほどの試練に直面したことはかつて一度としてありません。

（ナポレオン公ジェローム へ、一八七一年二月四日）

私にとって、パリが現在耐え忍んでいる醜悪な体験は人間や事物の絶えることのない発展の法則に反することをいささかも立証するものではありません。良いものであれ、悪いものであれ、獲得したいくつかの主義が私にあるとすれば、それらはこの体験で揺らぐことも、修正されることもありません。久しい以前から私は忍耐を受け入れてきました、ちょうど人々が天候や冬の長さや老いを、またどんな形のものであれ不運を受け入れるように……一本の木が枯れてしまえば、二本の木を植えなければなりません。

（フロベールへ、一八七一年四月二八日）

一八七一年八月、第三共和政発足。

（死の床にある祖母の枕辺で）私はシャトーブリアンとルソーを読んでいました。『福音書』から『社会契約論』に移りました。信奉者たちの書いたフランス革命史、啓蒙哲学者たちのフランス史を読んでいました。そしてある日、私はそれら全てを二つのランプが放つ光として認めました、そして私の信条ができたのです。笑わないでください、ひどく無邪気な子供の信条が全てを越えて……私の中に残りました。愛し、自己を犠牲にすること、犠牲的行為がその対象である人々にとって有害な時にだけ自己を取り戻すこと、そして真実の大義、つまり愛に奉仕するという希望の中で再び自己を犠牲にすること。ここで言っているのは個人的な情熱ではなく、民族への愛であり、自己愛の拡大された感情、ただ独りでいる自己への恐怖です。あなたの言われる正義の理想が愛と切り離されているのをかつて私は目にしたことはありません。自然な社会が存続するために第一に挙げるべき法は、人々がアリやミツバチのようにお互いに役立つことです。人間の本能は愛することです。愛から逃れる者は真実から、正義から逃れるのです……(マニー亭で芸術家や教養ある人々は)無知な人間のために書く必要はないと主張しました。私が、その無知な人間こそ何かを必要としていると考えて、そうした人間のためにだけ書こうとしていると、彼らは口々に私を非難したのです……。

私は人類が善良であることを希います、それは私が人類から自分を引き離そうとは思わないからであり、人類は私だからであり、人類がこうむる悪は私の心を苦しめるからです。また、人類の恥辱が私を赤面させるからであり、人類の犯す犯罪が私の腹をきりきり痛ませるからです。そしてまた、天上であれ地上であれ、楽園を自分だけのものと考えることができないからです。

（フロベールへ、一八七一年一〇月二五日）

私は申し分なく平静である哲人の境地に達しました。人々が私に対してなし得るどんな迷惑も、あるいは、私に示し得るどんな無関心ももはや私の心を動かさず、文学の外で幸福であるばかりか、楽しんで文学に携わり、喜びを持って仕事をすることを妨げはしないとあなたにお話した時、少し

も誇張はありませんでした。あなたは私の二つの小説に満足してくださったのですね？　私は報われました……私の野心はあなたの野心ほど大きくはありませんでした。あなたはあらゆる時代のために書こうとされます。この私は、五〇年後には完全に忘れられているでしょうし、厳しく批判もされましょう。それが第一級でない事物の法則です、私は一度として自分が一級だと考えたことはありません。私の考えはむしろ、たとえ何人かであれ、同時代の人々に働きかけ、喜びと詩情の私の理想を彼らに共有させることでした。この目的をある程度、達成しました。少なくとも、そのためにできる限りのことをしましたし、今なおやっ

▶晩年のジョルジュ・サンド（ナダール撮影）

ています。私の報いはいつも、さらに少しばかりそれに近づくことですよ。

（フロベールへ、一八七二年一二月八日）

純粋に政治的な権利については私にはまるで分かりませんが、人間としての権利の強さをはっきりと感じます、この権利が譲渡できない、神聖なものだからです。けれども、宣言する前に、人間の権利とは何か、真実なもの、崇高なもの、尊敬に値するものは何かを知ることです……私にできるのは愛すること、そして理想を信じることだけです。

（アミクへ、一八七四年一一月二六日）

こちらは雪に埋もれています。私の大好きな季節です。この白さはまるであらゆるものを浄化するようです。そして家の中での楽しみは一層親密で、心和むものとなります。雪は一年中でもっとも美しい光景の一つです！

（フロベールへ、一八七六年一月一二日）

不滅の女性

一八七六年の春以来、ジョルジュは時折、胃や腸の痛みに襲われていた。

全般的な状態は悪化してはいません。年齢にもかかわらず（間もなく七二歳になります）老衰がきたとは感じていません。長い間歩いても疲れませんし、視力はこの二〇年来よりも良く、睡眠も穏やかで、手は若い時と変わらず、確かで器用です……私の犬と同じくらい軽やかに階段を上がります。けれども、この二週間あまりというもの、自然な排泄がほとんど完全に停止していますから、どうなるのか、ある朝、不意にこの世から消えてしまうのを覚悟しておく必要はないのか、自問しています。不意を突かれるよりもそれを知りたいと思います。私は大いなる定めに従うことに苦しみ、宇宙の生命の目的に逆らう人間ではありません。

（パリ在住のファーヴル博士へ、一八七六年五月二八日）

ジョルジュ・サンド、60歳（ナダール撮影）

五月三〇日、病床に医師たちが呼ばれる。

六月一日、パリよりファーヴル博士到着。

六月七日、孫娘たちとの最後の別れ。

六月八日九時三〇分、四時間余に及ぶ苦しみの後で、ジョルジュ死去。

六月一〇日、そぼ降る雨の中、村の小さな教会で葬儀が行われた。野の花で覆われた棺は村人たちの手で運ばれ、城館の庭園内にある家族の墓地に埋葬された。パリから駆けつけたフロベール、デュマ・フィス、ナポレオン公ジェローム、ルナン*、カルマン・レヴィ**……らの悲しみに打ちひしがれた姿があった。作家ムーリスがユゴーの弔辞を代読した。

*フランスの思想家、宗教史家。一八二三―一八九二年。
**フランスの出版者、一八一九―一八七八年。

私は死せる女性を悼み、不滅の女性をたたえる。

私はこの女性を愛し、賛美し、尊敬した。そして、今日、死の厳《おごそ》かな清澄さの中で、この女性を凝視している。

この女性のなしたことが偉大であるゆえに、私は彼女を賞賛し、なしたことが高潔であるゆえに、彼女に感謝する。私はかつて、「あなたがかくも気高い魂をお持ちであることに感謝します」と彼女に書き送ったことを思い出す。

われわれは彼女を失ったのであろうか？

そうではない。

この世での高貴な姿は消えようとも、滅び去りはしない。さにあらず、その姿は現実のものとなると言うことができよう。ある形では不可視になることで、別の形で目に見えるものとなる。まさしく崇高な変容。

人間の形象は一つの隠蔽である。形象は、思念という、崇高な、真の顔を覆い隠す。ジョルジュ・サンドは一つの思念であった。肉体から離れた今こそ自由である。彼女は死すとも、ここに生き続ける。女神は自由になれり。ジョルジュ・サンド

▲ヴィクトル・ユゴー
(1802-1885、L・ボナ筆)

は現代において比類のない地位を占めている。ほかの偉人たちはすべて男性であり、彼女はひとり女性である。

フランス革命を完遂すること、そして、人間的な革命を始めることを義務とする、今世紀において、両性の平等は人間の平等の一部を成すゆえに、偉大な女性が不可欠であった。女性がその天使のような素質を失うことなく、われわれ男性の所有する素質をことごとく持ち得ること、優しくありながら、強固な精神の持ち主であることを証明しなければならなかった。ジョルジュ・サンドはその証である。

多数の人間がフランスの名誉を傷つけているゆ

えに、誰かがフランスに栄光を与えることが必要である。ジョルジュ・サンドは今世紀の、そしてわが国の誇りの一つとなるであろう。栄光に満ちたこの女性に欠けるものは何ひとつなかった。彼女はバルベスのように気高い心、バルザックのように大いなる精神、ラマルティーヌのように高貴な魂の持ち主であった。彼女は内に竪琴を持っていた。ガリバルディが驚嘆すべきことをなした現代に彼女は傑作を生み出した。

これらの傑作を数え上げることは無意味である……その力を特徴づけているもの、それは正しさである。ジョルジュ・サンドは正しかった。それゆえに嫌われもした。賛嘆には憎悪という裏があり、熱狂には侮辱という裏面がある。憎悪と侮辱は、反対を明らかにしようとすることで支持を示すものである。罵声は後世から栄光の騒音と見なされよう。栄冠を得た者は石を投げつけられよう。それは定めであり、侮辱の卑しさは喝采の偉大さによって測られる。

ジョルジュ・サンドのような人間は公共の恩人である。彼らとてこの世を去る。彼らが去るやいなや、空っぽになったように見えた彼らの場所に新しい進歩が出現することに気づく。

こうした強力な人間がこの世を去るたびに、翼の途方もなく大きな音が聞こえる――何かが消え去り、何かが生じる。

▲埋葬

……

エドガール・キネが世を去るも、至高の哲学がその墓より出で、墓の上から人々を導くであろう。ミシュレが世を去るも、その背後から歴史が立ち上がり、未来の道程を示すであろう。ジョルジュ・サンドが世を去るも、女性の天分の中に証を汲み取り、その権利をわれわれに伝えるであろう。かくして革命は完全なものになるであろう。死者たちに涙しよう、だが、新たな到来を確かめよう。最終的真実が現れるであろう。これら卓越した先駆的精神のおかげで、すべての真実が、すべての正義がわれわれに向かっている。われわれが耳にする翼の音はまさしくそれである。

われわれの偉大な死者がわれわれに伝えるものを受け取ろう、そして、未来に目を向け、彼ら偉人の死がわれわれに告げる大いなるものの到来を、心静かに、そして、思索しながら、迎え入れよう。

母なるサンドの死に私は限りない悲しみを覚えました。埋葬の時、私は大きな声を上げて泣きました。それも二度ほどです。一度目は孫娘のオロールに接吻した時（その目が、あの日、彼女の目にあまりよく似ていたので、まるで蘇りのようでした）、そして二度目は、棺が私の前を過ぎるのを見送った時です。

（フロベールからツルゲーネフへ、六月二五日）

ジョルジュ・サンドは思想家ではない。が、彼女は人類を待っている、より幸福な将来を、最も明瞭に洞察していた予感者の一人で、生涯を通じて勇ましく、博《ひろ》い心をもって、人類の理想の達成を信じていた。それはほかでもない、彼女自身、その魂の中に理想を打ちたてる力を持っていたからである。

（ドストエフスキー『作家の日記』米川正夫訳）

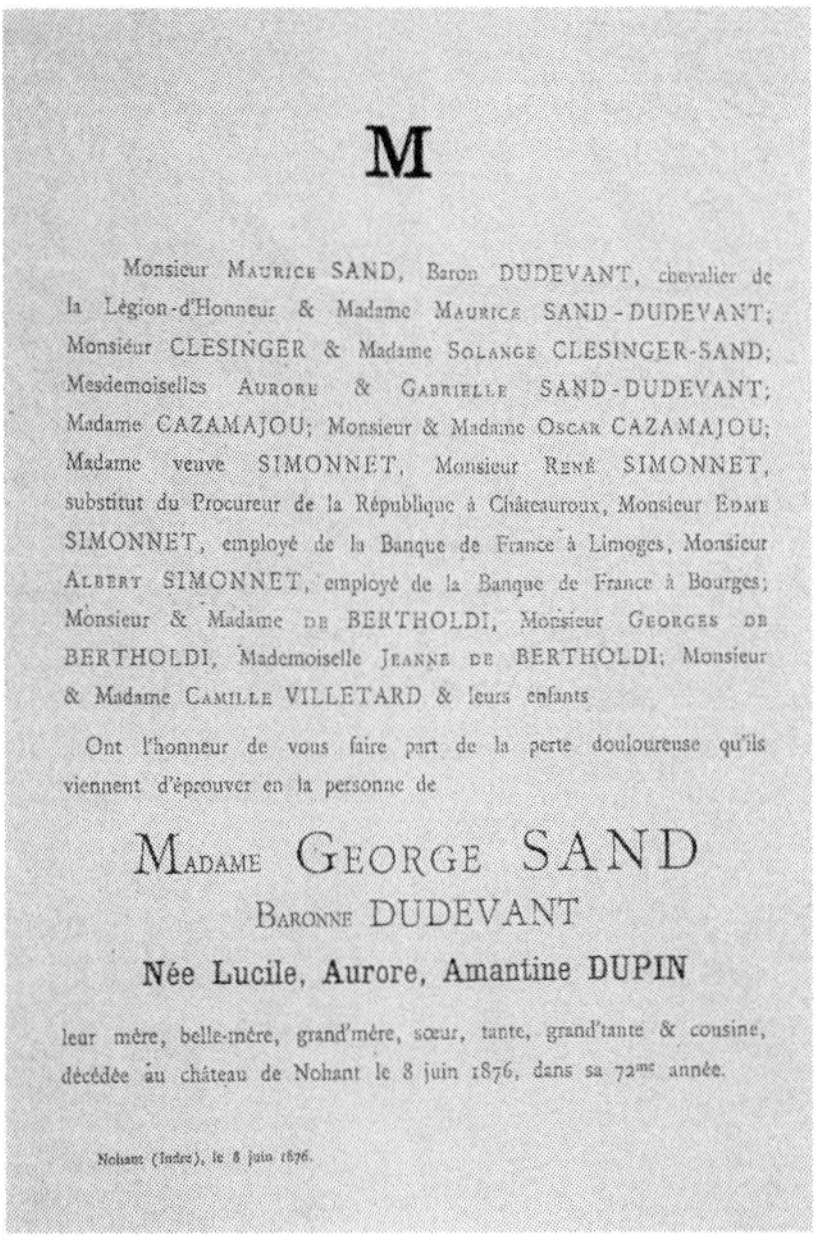

M

Monsieur Maurice SAND, Baron DUDEVANT, chevalier de la Légion-d'Honneur & Madame Maurice SAND-DUDEVANT; Monsieur CLESINGER & Madame Solange CLESINGER-SAND; Mesdemoiselles Aurore & Gabrielle SAND-DUDEVANT; Madame CAZAMAJOU; Monsieur & Madame Oscar CAZAMAJOU; Madame veuve SIMONNET, Monsieur René SIMONNET, substitut du Procureur de la République à Châteauroux, Monsieur Edme SIMONNET, employé de la Banque de France à Limoges, Monsieur Albert SIMONNET, employé de la Banque de France à Bourges; Monsieur & Madame de BERTHOLDI, Monsieur Georges de BERTHOLDI, Mademoiselle Jeanne de BERTHOLDI, Monsieur & Madame Camille VILLETARD & leurs enfants

Ont l'honneur de vous faire part de la perte douloureuse qu'ils viennent d'éprouver en la personne de

Madame GEORGE SAND

Baronne DUDEVANT

Née Lucile, Aurore, Amantine DUPIN

leur mère, belle-mère, grand'mère, sœur, tante, grand'tante & cousine, décédée au château de Nohant le 8 juin 1876, dans sa 72me année.

Nohant (Indre), le 8 juin 1876.

▶ジョルジュ・サンドの死亡通知書

▶ジョルジュ・サンドの墓

ジョルジュ・サンド（ナダール撮影）

〈付〉

同時代人の証言

バルザック／ボードレール／ハイネ／マッツィーニ／フロベール／バクーニン／ドストエフスキー

バルザック

一七九九―一八五〇年。フランスの作家。

一八三一年に知り合う。一八三八年の早春、ノアンの城館に滞在、その折に聞いたリストとマリ・ダグー伯爵夫人の話から、『ベアトリクス』の着想を得る。バルザックは一八四二年、ジョルジュに『二人の若妻の手記』を献じ、ジョルジュはバルザックの死後出版の「人間喜劇」（ウシオ版、一八五五年）に「序文」を執筆。

Honoré de Balzac,
1799-1850

ハンスカ夫人へ、一八三八年三月二日

あなたが好奇心旺盛の、いと気高きお方だから、私の訪問についてお話ししましょう。

私は謝肉祭の土曜日、夕方の七時半頃、ノアンの城館に着きました。他には誰もいない広い部屋の暖炉の傍で、ジョルジュは部屋着姿で夕食後の葉巻をふかしていました。房べり飾りのついた黄色のかわいらしい部屋履きにおしゃれな靴下、赤いズボンという格好でした。これが精神面です。容姿の面では、彼女は太って、二重顎になり、恐ろしいほどの不幸を経験したにもかかわらず、一本の白髪もなく、褐色の顔色は変わらず、美しい目は相変わらず輝いています。考え事をしている時の彼女はまるで愚か者といった様子で、よくよく観察してみると、彼女にも言ったことですが、その表情はすべて目の中にあるのですよ。……私たちは三日間というもの、夕食後の五時から明け方の五時までおしゃべりしましたから、これまでの四年間よりも彼女のことがよく分かりました……結婚にも恋愛にも裏切られて失望だけが残ったのです。彼女の相手になる男は数少なかった、ただそれだけのことです。彼女は愛想がちっともよくないので、いっそう、そうなるのでしょう……彼女は男性です、彼女は芸術家です、彼女は偉大で、心が広く、誠実で、控えめです、彼女は男性の大きな特性を持っています、したがって、彼女は女性ではないのですよ。

ハンスカ夫人へ、一八四四年十一月八日

……G・サンドの『ジャンヌ』は確かに傑作です。お読

みになってください。驚嘆に値します！　『ジャンヌ』をうらやましく思います。私には『ジャンヌ』は書けません。秀逸です！　……

ボードレール

一八二一―一八六七年。フランスの詩人、美術評論家。一八五五年、詩人はオデオン座で初演されるジョルジュの戯曲『ファヴィラ師』のマリアンヌ役を愛人である女優のマリ・ドーブランが演じられるよう、ジョルジュに口添えを求め、ジョルジュは約束した。だが、働きかけが不成功に終わったことをジョルジュは劇場側から知らされなかった。「ジョルジュの約束不履行」と思い込んだ詩人は心をひどく傷つけられ、私怨を募らせた。かつて「きわめて偉大で、著名であるのも当

然な作家」と評したジョルジュに対する激しい憎悪が、徹底した女性蔑視と相まって、『赤裸の心』で痛罵となって吐き出された。

ジョルジュ・サンドについて。サンドという女は、不道徳のプリュドム*といったところだ。……彼女はかつて一度として芸術家であったことはない。彼女はブルジョワが好むあの名高い流れるような文体を持っている。彼女は馬鹿で、愚鈍で、饒舌だ。彼女の道徳観念に見られる判断の深さや感情の繊細さは、門番や囲われ女のものと変わるところはない。……労働者への愛。いく人かの男がこの便所のような女に夢中になりえたというのは、現代の男たちの堕落を証明するものである。……

　悪魔とジョルジュ・サンド。……彼女はとりわけ、何にもましてとんまだ。だが、彼女は悪魔に取り憑かれている。彼女に自分の善良さと分別を当てにするよう言い聞かせたのは、悪魔だ。……私はこの愚かな女のことを考えると決まって嫌悪感で身震いする。もし彼女に出くわすようなことがあれば、頭に聖水盤を投げつけずにはおかないだろう。……サンドという女の宗教。『ラ・カンティニ嬢』の序文。サンドという女は地獄は存在しないと信じることに執着している。

Charles Baudelaire,
1821-1867

*作家アンリ・モニエが創造した、凡庸で独りよがり、かつ権力におもねる一九世紀ブルジョアの典型的人物。

ハイネ

一七九七—一八五六年。ドイツの詩人。「アウグスブルク新聞」通信員として一八三一年以来パリに移住。作曲家リストを介して一八三五年、ジョルジュと知り合う。

Heinrich Heine,
1797-1856

フランスの最も偉大な作家ジョルジュ・サンドは非常に

美しい女性でもある。その作品に表れている天性と同じく、彼女の顔立ちは人目を引くというより美しいと言える。ジョルジュ・サンドの顔はまさしくギリシャ風の端正さを見せる。だがその顔立ちは古代の厳粛さそのものというのではなく、悲しみのヴェールのように広がっている、近代の感じやすさで和らげられている。額は秀でてはいない、きわめて美しい栗色の豊かな髪が両肩にかかっている。目は少しばかりくすんでいる、少なくとも輝いてはいない。その輝きは彼女がしばしば流した涙でおそらく消えてしまったのか、彼女の作品の中に移ったのであろう……『レリア』の著者は優しく穏やかな目をしている、それはソドムの目でもゴモラの目でもない……彼女の声はこもっていて、よく響く声ではない、だが穏やかで、耳に心地よい。彼女の言葉の自然な調子が独特の魅力を与えている……ジョルジュ・サンドは会話で際立っている。同国人であるフランス女性たちのあの才気煥発さはまったく持ち合わせていないばかりか、とどまるところを知らないおしゃべりもない。言葉が少ないのは謙遜からでもなければ、話相手に対する深い共感からでもない。彼女はむしろ誇りから無口である。相手が彼女の精神を惜しみなく与えるに値するとは思わないからである。あるいは、利己主義からである。相手の最良の言葉を自分自身に取り込んで、心の中で実を結ぶにまかせ、後に作品で使おうとするからである……ジョルジュ・サンドは決して才気溢れる言葉を言わない、この点で彼女は同国の女性たちに似ていない……。

（『ルテーツィア、フランスの政治的、芸術的、社会的生活に関する手紙』）

マッツィーニ

一八〇八―一八七二年。イタリアの革命家。

祖国イタリアの統一を掲げて、人生の多くの日々を亡命地のスイス、イギリス、フランスで過ごした、この偉大な革命家は、早くからジョルジュの考えに深い共感を覚え、作品を賛美し、擁護の論陣を張った。一八三七年の母への手紙では、『レリア』と『ある旅人の手紙』を読むよう勧めているが、この『ある旅人の手紙』が英国で翻訳出版されるとき、序文を執筆した。一八四二年、ロンドンから送ったジョルジュへの最初の手紙以来、革命家は、有名な作家、高名な女性としてよりも、繊細で人間愛に満ちたモラリストとして彼女に語りかけ、とりわけ一八四八年から一八五〇年にかけて、多数の手紙を交わし、主要な問題を論じあった。ジョルジュはマッツィーニの「法王への書簡」を翻訳し、解説を付して、『コンスティテュシオネル』紙に発表（一八四八年二月）。また、一八五〇年には、『イタリアにおける共和政と王政』に序文を寄せた。

母への手紙、一八四四年一月一九日

（『コンシュエロ』が出版された時に）

これほど影響を受けた本はほとんどありません……この女性の生活は今日では並外れたものであり、まるで聖人のようです。その作品で説き勧めている平等や愛の思想を彼女はことごとく実践しています。聖職者をたたえるような断章があります……あるべき姿の聖職者であり、今日の彼らの姿ではありません。

Giuseppe Mazzini,
1808-1872

ジョルジュ・サンドへの手紙、一八四七年一月十六日

……あなたの書かれたものの中で最も神聖で、何よりも侵してはならないと私に思われるのは、イエスとイエスの人間愛に対するあなたの評価です……。

マッツィーニは一八四七年十月、ノアンを訪れた折、「母の愛がおまえに勇気を与えよう」と彫った指輪を部屋に置き忘れた。ジョルジュは送り届けたい旨を手紙に書いた。

ジョルジュ・サンドへの手紙

私の母の指輪を、言葉にならないほどあなたを尊敬し、愛している一人の人間の思い出としてお受け取りいただけないでしょうか？

フロベール

一八二一―一八八〇年。フランスの作家。

「私たち二人の老吟遊詩人はパラドックスですね」とジョルジュが言う通り、二人はとりわけ、作家としての芸術観や創作態度を異にしていたが、その深い友情は一八六〇年代後半から交わされた四百余通の往復書簡に余すところなく示される。

ジョルジュ・サンドへの手紙、一八六六年一二月二七日

私の近くにあなたがいらっしゃらないので、私はあなたの作品を読んでいます。より正確に言えば、読み返しています。かつて、『独立評論』誌でむさぼるように読んだ『コンシュエロ』を手に取りました。私は再び、夢中になりました。何という才能、まったく！　何という才能！　これは、「静まりかえった書斎」のなかで、私が時おり発する

Gustave Flaubert,
1821-1880

叫びです。ポルポラがコンシュエロの額にした口づけに、私は先ほど本当に涙を流しました……あなたをなぞらえるのにアメリカの大きな河より適切なものを見つけることが私にはできません。「巨大さ」と「優しさ」です。

ジョルジュ・サンドへの手紙、一八七六年二月六日

あなたはあらゆることにおいて、最初の一飛びで天に昇り、そこから地上に降りて来られる。あなたはアプリオリを、理論を、理想を起点となさる。そこからあなたの人生に対する寛容さ、心の落ち着き、ふさわしい言葉で言えば、あなたの偉大さが生じます。私は、哀れな男の私は、まるで靴底が鉛であるように地面に釘付けになっています、あらゆるものが私の心を動かし、引き裂き、荒廃させます、そして私は上昇しようと努めるのです……。

ルロワイエ・ド・シャントピへの手紙、一八六七年六月一七日

この偉大な人間の中にあった女らしさ、この天分の中に認められた無限の優しさを残らず知るには、私が知っていたようにこの女性を知ることが必要でした。夫人はいつまでもフランスの偉人の一人として、類まれな栄光として名をとどめることでしょう。

バクーニン

一八一四—一八七六年。ロシアの革命家。バクーニンがジョルジュと知り合うのは、初めてパリの地を踏んだ一八四四年のことであるが、青年の日々、彼はすでにジョルジュの熱心な賛美者であった。

弟パウロへの手紙、一八四三年二月二〇日

午前中ずっと、ジョルジュ・サンドの『レリア』を読んで過ごした。彼女は僕の気に入りの作家だ。彼女の作品を読むたびに僕はより良い人間になる――つまり、僕の信念は確固としたものに、広大なものになるんだよ。僕はどんな時も彼女の作品に戻って行く。詩人にしても、作家にしても、彼女ほど共鳴できる人間は皆無だ。僕自身の思想、

Mikhail Aleksandrovich Bakunin, 1814-1876

僕の感情、僕の関心事を彼女ほど的確に表明した人間は他にいないよ……ジョルジュ・サンドを読むことは僕にとって、信仰のようなもの、祈りのようなものだ。彼女は僕の欠点を一つ残らず、僕の心の醜さを一つ残らず取り出して、僕の目の前に突きつける。それでいて、僕を意気阻喪させることも、打ちのめすこともないんだ。それどころか、僕の中にあることを自分でも知らずにいた力や能力を教えてくれることで、僕自身に対する誇りの感情を再び掻き立ててくれる。ジョルジュ・サンドは詩人であるだけでなく、預言者で啓示者なんだよ。ああ！　彼女の使徒としての偉大な姿に比べれば、ベッティーナ*の空想の何とちっぽけで、つまらぬことか！　ベッティーナの世界は抽象的で、頭脳だけのものだ……ジョルジュ・サンドは宗教的な使徒の本

性を持っている。彼女の単純さは実際的で、生き生きとした真実のものだよ。彼女の愛、慈悲は実際的であるからこそ真実なんだ。彼女は軽蔑することも、断罪することもない。彼女は愛し、哀れむだけだ。彼女には完全に共感できるよ。彼女は神聖な慰めが湧き出る深い泉だ……ベッティーナは人間を軽蔑している、人間に対する軽蔑ほど哀れなものはこの世にないのだよ。

ドストエフスキー

一八二一―一八八一年。ロシアの作家。若き日々、ジョルジュの作品を歓喜と崇拝のうちにむさぼるように読み、そこに「新しき言葉」を見出したというドストエフスキーは、一八七六年六月、彼女の

死を報じるロシアの新聞を読むやただちに『作家の日記』で長文の弔辞を捧げた。

この訃報を読むと同時に、この名がわたしの生涯において、いかなる意味を持っていたかを了解した、――かつてこの詩人には、わたしから幾ばくの歓喜と崇拝を集め、かつわたしに幾ばくの悦びと、幸福をあたえてくれたことか！　わたしは今これらの言葉を一語一語、おめず臆せず堂々

Fyodor Mikhailovich Dostoevskii, 1821-1881

＊ベッティーナ・フォン・アルニム。ドイツの女性作家。一七八五―一八五九年。

大書する。なぜなら、それはことごとく文字通りにそのとおりだったからである。これは完全にわが（つまりわれわれの）同時代人の一人である、三十年代から四十年代へかけての、女流理想主義者である。これは逞しい、自ら恃《たの》むことの深い、しかも同時に、この上なく不闡明な理想と、きわめて解決の困難な希望に充たされた、病的な現世紀を代表する名の一つである……今はすでにかなり多くの歳月が過ぎ去ったばかりでなく、ジョルジュ・サンド自身も七十歳の老媼《ろうおう》となり、おそらく自分の名声をすでに遠い昔のこととして、死んでいったことであろう。しかしながら、この詩人の出現のうちに「新しき言葉」が含まれていたこと、「全人類的」なもののひそんでいたこと、――これらはことごとくその当時、早くもわがロシアに強烈な、深い印象となって反応し、われわれのそばを素通りはしなかった。……

ジョルジュ・サンドの文学における出現は、たまたまわたしの青春時代の初期と時を同じゅうしたので、わたしは今それがすでにかくも遠い昔のことであるのを、衷心から喜ばしく思っている。というのは、三十年以上もたった今日では、ほとんどまったく率直に語ることができるからである。断っておくが、当時ただそれだけ、つまり小説だけが許されていたのである。そのほかのもの、ほとんどすべての思想という思想は、とくにフランスから来るものはなおさら、絶対に禁止されていた。……当時、小説の形でわが国に侵入したところのものは、まさしく思想と同様、事態に役立ったばかりでなく、おそらくはむしろ当時の時代から観れば、最も「危険な」形式であったかもしれない。

……ジョルジュ・サンドには、幾千万という望み手があったからである。ここで注意しておかなければならぬのは、わが国では……まだ前世紀のうちから、ヨーロッパのあらゆる知的運動は常に猶予なく周知の事実となり、ただちにわが知識階級の最上層から、そうした問題にいささかでも興味を持つ思索する大衆に伝えられたことである。三十年代におけるヨーロッパの運動についても、まったくこれと同じことがいえる。……この運動がとりわけ強烈に芸術の中、小説の中に現れたが、それは主として、ジョルジュ・サンドのものであった。……残念なことに、わたしはいついかなる作品が、初めてわが国に翻訳されたかを覚えてもいず、知りもしないが、それだけ受けた感銘は大きかったに違いない。思うに、すべての人々はまだ青年であったわたし同様、当時その典型と理想との純潔無比な清らかさと、物語の精厳な、節度ある調子の、しとやかな魅力に打たれたことであったろう、——ところが、こうした婦人がズボンをはいて歩いたり、みだらな真似をしているというのである！　わたしが初めて彼女の小説『ユスコク』——優艶無比な彼女の初期の作品の一つを読んだのは、たしか十六の時であったと思う。忘れもしない、わたしはそれを読んだ後、一晩じゅう、熱に浮かされたようになっていた。思うにジョルジュ・サンドは、少なくとも、わたしの記憶によって判断するかぎりでは、当時突如として全ヨーロッパにその名を轟かした多くの新しい作家群の中にあって、わが国において引きつづき、ほとんど最高の位置を占めていたといっても、おそらく誤りではなかろう。……彼女の描いた多くの、少なくとも若干の女主人公たちは、きわめて高邁な道徳的純潔のタイプであって、詩人自身の心に大きな道徳的要求がなく、最高度の義務観念がなく、慈悲とか忍耐とか、正義とかの中に最高の美を理解し、認識する気分がなかったら、しょせん思いいたらないていのものである。もっとも、慈悲、忍耐、義務観念の意識の間には、対他要求とプロテストの並はずれた傲岸さも現れていたが、この傲岸さこそ貴重なものだったのである。なぜなら、これなくしては人類がとうていその道徳的頂点を固守し得ないような、最高の真実から発生したものだからである。この傲岸さは……自分はお前より勝っている、お前は自分より劣っている、というような気持ちにもとづいている敵意ではなく、ただ不正や悪行と妥協することのできない、最も純潔な感情である。ただし、もう一度くり返していうが、この感情はいっさいをゆるす大度量とも慈悲心とも、両立しがたいものではない。のみならず、この傲岸さに匹敵するくらい絶大な義務をみずからすすんで自分にも負わせている。これらの女主人公たちは、犠牲と功業に渇していた。……これはその後、ジャンヌ・ダルクに関する歴史的問題の輝かしい、そしておそらくは絶対的な解決となって、それこそ天才的小説『ジャンヌ』において完成したものである。……おそらく彼女をのぞいて、同時代の詩人のうち何人といえども、あれだけに清らかな無垢な少女の理想を、――単に清らかであるのみならず、その無垢のゆえにあれだけに力強い理想を、――抱懐するものはなかったからである。……ジョルジュ・サンドは思想家ではない。が、彼女は人類を待っている、より幸福な将来を、最も明瞭に洞察していた予感者（もしこういう変にひねった言葉で表現することを許されるなら）の一人で、生涯を通じて勇ましく、博《ひろ》い心をもって、人類の理想の達成を信じていた。それはほかでもない、彼女自身その魂の中に理想を打ちたてる力を持っていたからである。この信念を最後まで維持することは、一般に崇高な魂を持ち、真に人類を愛するすべての人に共通した宿命である。ジョルジュ・サンドは堅く神を信じ、おのれの不死の生命を信じながら、自然神論者として死んだ。……くり返しいうが、ジョルジュ・サンドは自分ではそれと知らずに、このうえなく完全なキリスト信奉者の一人であったかもしれないのである。彼女が自分の社会主義や、自分の信念や、希望ないし理想の基礎としたのは、人間の道徳的感情、人類の精神的渇望、その完成と純潔に対する希求であって、決して蟻塚式の必要観念ではないのである。彼女は絶対に人間の人格を信じ（その不死まで信じて）、生涯その観念をおのれの作品の一つ一つに昂揚し拡充し、それによって思想的にも、感情的にもキリスト教の最も根本的な思想の一つ、すなわち人格とその自由（したがってその責任）を認識する思想と一致しているのである。そこからまた義務の自覚も、それに対する厳格な道徳的要求も、人間としての責任の完全な意識も生じて来る。そしておそらく、彼女の時代のフランスには、「人はパンのみにて生くるものにあらず」ということを、あれほど力強く理解していた作家、思想家は、ほかになかったであろう。……

（米川正夫訳）

1870年　「共和国よ！」
1875年　「ミシェル・レヴィ」
1876年　「ルナンの『哲学的対話と断章』について」

5　書簡

※ジョルジュ・サンドの手紙はすでにその生前から発表されたものもあり、早くから関心を引いていたが、書簡集として出版されたものは以下の通りである。

1882-1884年　『書簡集』(全6巻)(収録総数967通)
1897年　『アルフレッド・ド・ミュッセおよびサント＝ブーヴへの手紙』
1904年　『ジョルジュ・サンド－ギュスターヴ・フロベール往復書簡集』
1904年　『ジョルジュ・サンド－アルフレッド・ド・ミュッセ書簡集』
1953年　『ジョルジュ・サンドとマリ・ドルヴァル、未発表書簡』
1956年　『ジョルジュ・サンド－アルフレッド・ド・ミュッセ書簡集』
1959年　『ジョルジュ・サンドとポリーヌ・ヴィアルドの未発表書簡』
1964年　『ジョルジュ・サンドからサント＝ブーヴへの手紙』
1964-1995年　『ジョルジュ・サンド書簡集』(全24巻、補巻2)(収録数約18,000通)
1981年　『書簡集フロベール－サンド』
1995年　『マリ・ダグー－ジョルジュ・サンド書簡集』
1999年　『サンド、バルベス、共和主義者の友情の書簡集　1848-1870年』

※ジョルジュ・サンドが手紙を交わした相手は、彼女を取り巻いた当代第1級の芸術家［ミュッセ、リスト、デュマ・ペール、バルザック、ハイネ、ドラクロワ、ショパン、ポリーヌ・ヴィアルド、マリ・ダグー伯爵夫人、デュマ・フィス、フロベール、ツルゲーネフ、ユゴー、ボードレール……］や思想家、学者［ラムネ師、ピエール・ルルー、ミシュレ、ルナン、マルクス……］、ジャーナリストや編集者、出版者［ビュロ、ジラルダン、エッツェル、カルマン・レヴィ、ミシェル・レヴィ……］であり、また、政治家、革命家、フランスへの亡命者［ナポレオン3世、バルベス、バクーニン、マッツィーニ、ミツキエヴィッチ……］であり、あるいはまた、彼女が支援を惜しまなかった後進の芸術家や文学を志した労働者たちであり、その数は2,300人に達する。約18,000通の手紙を収めた『書簡集』(全24巻、補巻2)は19世紀社会そのものを写し出す。

「民衆詩人について」

「夢想家、ラマルティーヌ氏」

1842年　「プロレタリアの詩についての打ち解けた対話」

1843年　「ド・ラムネ氏の最近の出版に関して」

「ラマルティーヌ氏への書簡」

1844年　「パリ展望」(『パリの悪魔』第1巻に収録)

「パリのパン職人」

「ブレーズ・ボナンの口述のもとに書かれた、〈黒い渓谷〉のある農夫の手紙」

「編集者への書簡――オック語およびオイル語について」

「政治と社会主義」

1845年　「ハムレット」

「サント=ブーヴのアカデミー・フランセーズへの入会」

「パリの未開人社会探訪記」(『パリの悪魔』第2巻に収録)

1846年　「黒い渓谷」

1847年　**「マルシュ地方とベリー地方の片隅――ブサック城のタピスリー」**

1848年　「民衆への手紙」

「中産階級への一言」

「富める人々へ」

「ブレーズ・ボナンの口述のもとに書かれたフランスの歴史」

「社会主義」

「市庁舎の前で」

「芸術――共和国劇場、オペラ劇場」

「パリと地方―― 一職人から妻への手紙」

「バルベス」

「『少女ファデット』について」

「ルイ・ボナパルトの共和国大統領選出に関して」

1849年　「穏健派の人々へ」

1851年　**「ベリー地方の風俗と習慣」**

1851-1852年　「田舎の夜の幻影」

1852年　「ビーチャー・ストー夫人について」

1856年　『テーブルを囲んで』

1857年　「レアリズム論」

1859年　「戦争」

1860年　「ガリバルディ」

1863年　「『サランボー』についての書簡」

「ラファエロの《小椅子の聖母》」

「なぜ女性をアカデミーに選ぶのか？」

1865年　「ナポレオン3世の『ユリウス・カエサルの歴史』について」

「ルイ・ブランの『フランス革命史』について」

1869年　「ギュスターヴ・フロベールの『感情教育』について」

1876年　『アルビヌ・フィオリ』(未完)

3　戯　曲(パリの劇場で上演された作品(＊)は初演年)

1833年　『三流詩人アルド』
1839年　『ガブリエル』
＊『コジマ——愛の中の憎しみ』
1840年　『ミシシッピの人々』
1848年　＊『国王がお待ちです』
1849年　＊『捨て子のフランソワ』
1851年　＊『クローディ』
＊『モリエール』
＊『ヴィクトリーヌの結婚』
1852年　＊『パンドルフの休暇』
＊『家庭の悪魔』
1853年　＊『搾り機』
＊『モープラ』
1854年　＊『フラミニオ』
1855年　＊『ファヴィラ師』
1856年　＊『リュシー』
＊『フランソワーズ』
＊『お気に召すままに』
1859年　＊『マルグリット・ド・サント＝ジャム』
1862年　＊『舗石』
＊『黄金の森の美男たち』
1864年　＊『ヴィルメール侯爵』
＊『ドラック川』
1866年　＊『村のドン・ジュアン』
＊『日本の百合』
1868年　＊『カディオ』
1869年　＊『少女ファデット』
1870年　＊『もう一人の人』
1872年　＊『情けは人のためならず』

※ノアンの劇場のための戯曲(『ジョルジュ・サンド全集』(1864年)収録)
1853年『信仰と迷い』
1862年『クリスマスの夜』
1863年『プルトス』
1864年『マリエル』

4　主要評論、ルポルタージュ、その他

1833年　「セナンクール著『オーベルマン』」
1837年　「マリ・ドルヴァル」
「アングルとカラマッタ」
1839年　「幻想劇に関する試論、ゲーテ、バイロン、ミツキエヴィッチ」
1840年　「ジョルジュ・ド・ゲラン」
1841年　「J.－J.ルソーに関するいくつかの論考」

『緑の奥方』
1859-1860年　『コンスタンス・ヴェリエ』
1860年　**『黒い町』**
『ヴィルメール侯爵』
1861年　『ヴァルヴェードル』
『ジェルマンドル一家』
1862年　『タマリス』
『アントニア』
1863年　『ラ・カンティニ嬢』
1864年　『ローラ』(『水晶の中の旅』)
『ある若い娘の告白』
1865年　『シルヴェストル氏』
1866年　『最後の愛』
1867年　『カディオ』
1868年　『メルケム嬢』
1869年　『旅役者ピエール』
1870年　『マルグレトゥ』
『美男のローランス』
『セザリーヌ・ディトリック』
1871年　『フランシア』
1872年　『ナノン』
＊＊**『女王コアクス』**(『おばあ様のコント』第1集に収録)
＊＊**『バラ色の雲』**(『おばあ様のコント』第1集に収録)
＊＊**『勇気の翼』**(『おばあ様のコント』第1集に収録)
1873年　＊＊**『ピクトルデュの城』**(『おばあ様のコント』第1集に収録)
＊＊**『巨人イエウー』**(『おばあ様のコント』第1集に収録)
＊＊『巨人のオルガン』(『おばあ様のコント』第2集に収録)
1874年　『私の妹ジャンヌ』
1875年　『フラマランド』
＊＊『赤い槌』(『おばあ様のコント』第2集に収録)
『マリアンヌ・シュヴルーズ』
＊＊**『花のささやき』**(『おばあ様のコント』第2集に収録)
＊＊**『埃の妖精』**(『おばあ様のコント』第2集に収録)
＊＊**『牡蠣の精』**(『おばあ様のコント』第2集に収録)
『2人の兄弟』
＊＊『大きな目をした妖精』(『おばあ様のコント』第2集に収録)
＊＊**『ものを言う樫の木』**(『おばあ様のコント』第2集に収録)
＊＊**『犬と神聖な花』**(『おばあ様のコント』第2集に収録)
1875-1876年　『ペルスモンの塔』

『アンドレ』
＊『マテア』
1836年　『シモン』
＊『見知らぬ神』
1837年　『マルシへの手紙』
『モープラ』
1838年　＊『オルクス』
『アルディニ家の最後の女性』
『モザイク職人たち』
1839年　『ウスコク人』
『スピリディオン』
『竪琴の七弦』
『ガブリエル』
『レリア』（改訂版）
1839-1840年　＊『ポリーヌ』
1840年　『フランス遍歴の職人』
1841年　『ムニー・ロバン』
1841-1842年　『オラース』
1842-1843年　**『コンシュエロ』**
1843年　＊『カルル』
＊『ファンシェット』
1843-1844年　『ルドルシュタート伯爵夫人』
1844年　『大プロコプ』
『ジャンヌ』
1845年　『アンジボの粉挽き』
『アントワーヌ氏の罪』
『テヴェリーノ』
1845-1846年　『イジドラ』
1846年　**『魔の沼』**
『ルクレツィア・フロリアーニ』
1847年　『ル・ピッチニーノ』
1847-1848年　『捨て子のフランソワ』
1848-1849年　『少女ファデット』
1850年　『正真正銘の間抜けの物語』
1851年　『レ・デゼルトの城』
1852年　『モン＝ルヴェシュ』
1853年　『名づけ子』
『笛師の群れ』
1854年　『アドリアニ』（後に『ロール』）
1855-1856年　『田園の悪魔』
1856年　『エヴノールとルシップ』
1857年　『ラ・ダニエッラ』
1857-1858年　『黄金の森の美男たち』
1858年　『雪男』
『田園伝説集』
1858-1859年　『ナルシス』
1859年　『彼女と彼』
『ジャン・ド・ラ・ロシュ』

■ジョルジュ・サンド著作一覧■

(本セレクションに収めた作品は太字にした)

1 自伝的作品、旅行記、日記

1829年 「ブレーズ家への旅」(1875年発表)
「オーヴェルニュ地方への旅」(1888年発表)
「スペインへの旅」(1971年発表)
1829年? 「冬の夜」(1875年発表)
1830年 「レ・クプリ」(1971年発表)
1833年 「スケッチとヒント」(1926年発表)
1834年 『ある旅人の手紙』(第1信―第4信)
「私的な日記」(1926年発表)
1835年 『ある旅人の手紙』(第5信―第7信)
1836年 『ある旅人の手紙』(第8信―第10信)
1837-1841年 「日々の対話」(1926年発表)
1842年 『マヨルカの冬』
1851年 「1851年11月―12月の日記」
1854年 **『わが生涯の歴史』**(第1巻―第4巻)
1855年 **『わが生涯の歴史』**(第5巻―第20巻)
「ジャンヌ・クレザンジェの死の後に」(1904年発表)
1855年? 「1848年3月―4月の思い出」(1904年発表)
1858年 「演劇と俳優」(1904年発表)
1859年 『村の周辺の散策』
1865-1876年 『新・ある旅人の手紙』(1877年出版)
1871年 『戦時下のある旅人の日記』
1875年 「わが大おじ」(1876年発表)
「ブロンドのフェベ」
1876年 「ノアンのマリオネット劇場」

2 長篇小説、短篇(中篇)小説(*)、コント(**)

1831年 『ローズとブランシュ――女優と修道女』
(ジュール・サンドーとの共著)
1832年 『アンディアナ』
*『メルキオール』
『ヴァランティーヌ』
*『侯爵夫人』
*『乾杯』
1833年 *『コラ』
*『昔の物語』(後の『ラヴィニア』)
『レリア』
*『メテラ』
1834年 **『ガルニエ』
『私的な秘書』
『レオーネ・レオーニ』
『ジャック』
1835年 *『ミルザの詩』

1862年（58歳）　5月17日、息子モーリス、マルチェッリーナ・カラマッタと結婚。

……………………『文学の回想と印象』、『タマリス』

1863年（59歳）　9月、デュマ・フィス、ゴーティエら、ノアン滞在。……………………『ラ・カンティニ嬢』
1864年（60歳）　2月29日、『ヴィルメール侯爵』、オデオン座で初演。華々しい成功。6月、マンソーとともにパリ郊外パレゾーに移る。
1865年（61歳）　8月21日、マンソー、パレゾーで死去。
………………………………………………………『ローラ』
1866年（62歳）　1月10日、孫娘オロール・デュドヴァン誕生。3月、第1回「マニー亭の夕食」。8月、11月、2度にわたりクロワッセのフロベール邸に滞在。9月、ブルターニュ地方に旅行。……『シルヴェストル氏』
1867年（63歳）　9月、ノルマンディー地方に旅行。
……………………………………………………『最後の愛』
1868年（64歳）　2月、3月、南仏に滞在。3月11日、ノアンで孫娘ガブリエル・デュドヴァン誕生。5月、クロワッセにフロベールを訪問。
…………………………『カディオ』、『メルケム嬢』
1869年（65歳）　5月、フロベール、サンドに『感情教育』を朗読。9月、アルデンヌへ旅行。12月、フロベール、ノアンに滞在。
1870年（66歳）　9月、ノアンで天然痘が流行し、疎開。
……………………………………………『マルグレトゥ』
1871年（67歳）　…………『戦時下のある旅人の日記』
1872年（68歳）　7月、8月、カブール滞在。9月、ポリーヌ・ヴィアルド、ツルゲーネフ、ノアンに滞在。
…………………………………………………『ナノン』
1873年（69歳）　4月、フロベール、ツルゲーネフ、ノアンに滞在。8月、オーヴェルニュ地方に旅行。9月、ポリーヌ・ヴィアルド、ツルゲーネフ、ノアンに滞在。
『印象と思い出』、『おばあ様のコント集』（第1集）
1874年（70歳）　12月、マリオネットの夕べ「青い部屋のバランダール」…………………『わが妹ジャンヌ』
1875年（71歳）　2月、3月、右腕にリューマチの激しい痛みで電気治療を受ける。
………………………『フラマランド』、『二人の兄弟』
1876年　5月22日、ルナンの『哲学的対話と断章』についての論文（死後6月16日『ル・タン』誌に発表）。6月4日、病状悪化。6月8日、ノアンで死去。6月10日、ノアンの教会で葬儀、庭園内の家族の墓地に埋葬される。…………『おばあ様のコント集』（第2集）

1844年（40歳）　8月、ショパンの姉、義兄、ノアンに滞在。9月、『アンドルの斥候兵』誌創刊。
……………………………………………『ジャンヌ』

1845年（41歳）　5月、パリ滞在中の北アメリカ・インディアン、アイオワ族の歌舞実演をショパンと見学。
……『アンジボの粉挽き』、『アントワーヌ氏の罪』

1846年（42歳）　8月、ドラクロワ、ノアンに滞在。
………………………………『イジドラ』、『魔の沼』

1847年（43歳）　4月、『わが生涯の歴史』執筆を開始。5月19日、娘ソランジュ、彫刻家ジャン＝バティスト・クレザンジェと結婚。7月、クレザンジェ夫妻と激しい喧嘩。ショパン、ソランジュを擁護。7月29日、ショパンへの最後の手紙。ショパンとの別れ。『ルクレツィア・フロリアーニ』、『捨て子のフランソワ』

1848年（44歳）　二月革命勃発。臨時革命政府メンバーの傍で積極的に活動。『共和国公報』の論文執筆。4月、『人民の大義』誌創刊（3号のみ）。5月18日、ノアンに帰る。5月、6月、『真の共和国』誌への寄稿。

1849年（45歳）　11月、『捨て子のフランソワ』がオデオン座で大成功を収める。………『少女ファデット』

1850年（46歳）　版画家アレクサンドル・マンソーとの関係が始まる。

1851年（47歳）　1月、『クローディ』、ポルト＝サン＝マルタン座で初演。5月、『モリエール』、ゲテ座で初演。………………………………『レ・デゼルトの城』

1852年（48歳）　1月、2月、政治犯の恩赦を求めてナポレオン3世に謁見。

1853年（49歳）　11月、『モープラ』、オデオン座で初演。………………………………………『笛師の群れ』

1854年（50歳）　10月、『わが生涯の歴史』連載開始。12月、クレザンジェ夫妻の別居成立。

1855年（51歳）　3月、息子モーリス、マンソーとともにイタリアに出発。5月、パリに帰る。

1856年（52歳）　4月、『お気に召すままに』、フランス座で初演。

1857年（53歳）　9月、ナポレオン公ジェローム、ノアン訪問。………………………………『ダニエッラ』

1858年（54歳）　『両世界評論』誌に再び寄稿を始める。
『金色の森の伊達男たち』、『雪男』、『田園伝説集』

1859年（55歳）　……『彼女と彼』、『村の周辺の散策』

1860年（56歳）　10月、重症のチフスにかかる。12月、肝仙痛の発作。…………『ジャン・ド・ラ・ロシュ』

1861年（57歳）　2月から5月までチフスの予後のため、南仏のタマリスに滞在。夏、秋、デュマ・フィス、ノアンに滞在。
『黒い町』、『ヴィルメール侯爵』、『ジェルマンドル一家』

……………………『ヴァランティーヌ』、『侯爵夫人』
1833年（29歳）　1月、女優マリ・ドルヴァルと知り合う。3月、ジュール・サンドーと別れる。4月、メリメとの短い関係。6月、アルフレッド・ド・ミュッセと出会う。8月、ミュッセとフォンテーヌブローに滞在。ミュッセの精神錯乱の発作を目撃。12月、ミュッセとともにイタリアに向けて出発。ジェノヴァ、ピサ、フィレンツェを経て31日、ヴェネツィア到着。
……………………………………………………『レリア』
1834年（30歳）　1月、ミュッセ発病。2月、イタリア人医師パジェッロとの関係始まる。3月29日、ミュッセ、ヴェネツィアを離れる。7月24日、パジェッロとともにヴェネツィアを発ち、ミラノ、ジュネーヴを経て、8月14日、パリに帰着。11月、パジェッロ、帰国。ミュッセとの関係復活、再び別れ。『私的な秘書』、『ジャック』、『ある旅人の手紙』（第1信―第4信）
1835年（31歳）　1月初、ミュッセとの関係、再度復活。3月、ミュッセと決定的な別離。4月、弁護士ミシェル・ド・ブールジュと知り合う。10月19日、夫との激しい口論。「別居および財産分離」の訴訟を起こす。
『アンドレ』、『ある旅人の手紙』（第5信―第7信）
1836年（32歳）　7月29日、夫との別居協定が法的に成立。8月、子供たちを連れてスイスへの旅。9月、スイスでリストとマリ・ダグー伯爵夫人に合流。11月15日、ショパンの開いた夜会に出席。
…『シモン』、『ある旅人の手紙』（第8信―第10信）
1837年（33歳）　8月19日、母ソフィー、パリで死去。
……………『マルシへの手紙』（未完）、『モープラ』
1838年（34歳）　6月、ショパンとの関係が始まる。10月18日、子供たちを伴ってマヨルカ島に向け出発。10月30日、ペルピニャンでショパン合流。11月8日から翌年2月12日までマヨルカ島に滞在。
…………………………………『モザイク職人たち』
1839年（35歳）　2月24日、マルセイユ着。ジェノヴァ滞在をはさんで、6月1日、ノアンに帰る。
『ウスコク人』、『スピリディオン』、『レリア』（改訂版）
1840年（36歳）　2月、息子モーリス、ドラクロワのアトリエに入る。
『ガブリエル』、『竪琴の七弦』、『フランス遍歴の職人』
1841年（37歳）　10月、『オラース』の思想に関し、ビュロと決裂。11月、ピエール・ルルー、ルイ・ヴィアルドとともに、『独立評論』誌創刊。…『オラース』
1842年（38歳）　6月、ドラクロワ、ノアンに滞在。
『マヨルカの冬』、『コンシュエロ』（第1巻、第2巻）
1843年（39歳）　7月、ドラクロワ、ノアンに滞在。「ファンシェット」事件。
『コンシュエロ』（第3巻―第8巻）、『ルドルシュタート伯爵夫人』

■ジョルジュ・サンド略年譜■

1804年（0歳）　6月5日、父モーリス・デュパン、母アントワネット＝ソフィー＝ヴィクトワール・ドラボルド、パリで結婚。7月1日、アマンティーヌ＝オロール＝リュシル・デュパン（後のジョルジュ・サンド）、パリで誕生。翌日、サン＝ニコラ・デ・シャン教会で洗礼。

1808年（4歳）　4月、母に連れられて父の遠征地スペインに向かう。6月12日、マドリッドで弟オギュスト誕生。7月初、両親、弟とともにスペインを離れ、ノアンに向かう。9月8日、弟ノアンで死亡。9月16日、父、ラ・シャトルで落馬事故のため死亡。

1809年（5歳）　母ソフィー＝ヴィクトワールはオロールの養育を祖母に託す。

1817年（13歳）　3月、ラ・シャトルで初聖体。

1818年（14歳）　1月、パリの英国系レ・ダーム・オーギュスティーヌ修道院付属の寄宿学校に入る。1820年4月まで留まる。

1821年（17歳）　12月26日、祖母、ノアンで死去。

1822年（18歳）　1月、母とともにパリに出る。4月、カジミール＝フランソワ・デュドヴァンと知り合う。9月17日、カジミールとパリのサン＝ルイ＝ダンタン教会で結婚。10月末、デュドヴァン夫妻、ノアンに居を定める。

1823年（19歳）　6月30日、パリで長男モーリス誕生。7月24日、サン＝ルイ＝ダンタン教会で洗礼。

1825年（21歳）　7月、8月、夫とともにピレネー地方に旅行。保養地コトレで検事オレリアン・ド・セーズと知り合う。

1827年（23歳）　12月、医師の診断を受けるという口実で、アジャソン・ド・グランサーニュとパリに出る。

1828年（24歳）　9月3日、ノアンで長女ソランジュ誕生。

1829年（25歳）　「ブレーズ家への旅」（死後発表）。

1830年（26歳）　7月、ジュール・サンドーと出会う。11月、夫の遺言書を発見し、激しい口論。パリで1年の半分を過ごすことができる年金を夫が支払うという条件で和解。

1831年（27歳）　1月、ノアンを発ち、パリに3ヵ月滞在。ド・ラトゥシュの『ル・フィガロ』紙に寄稿。7月、サンドーと共同生活を始める。12月、サンドーとの共作『ローズとブランシュ』をJ・サンドの署名で発表。

1832年（28歳）　5月、G・サンドの筆名で『アンディアナ』を出版し、鮮烈な文壇デビュー。12月、『両世界評論』誌と定期的寄稿の契約を結ぶ。

あとがき

ジョルジュ・サンドは一九世紀ヨーロッパでもっとも有名な女性の一人であった。

ジョルジュという男性名のペンネームで、みずみずしくも大胆な情熱賛歌の恋物語『アンディアナ』により鮮烈な文壇デビューを果たして以来、話題作を矢継ぎ早に発表、終生ペンを離すことのなかった、豊饒な創作活動のゆえに。

『ナポレオン民法典』が女性を未成年とみなし、参政権はおろか民法上の平等さえ認めなかった時代に、疲れを知らぬペンに託した、時代にはるかに先んじた思想のゆえに。

とりわけ二月革命の日々を頂点とする一八四〇年代の政治・社会問題への積極的参加のゆえに。

そして、サンドー、ミュッセ、ショパンなど若き芸術家たちとの相次ぐ恋愛や男装といった、解放された女性としての自由な、時に奔放とさえ映った、生き方のゆえに……。

ジョルジュ・サンド、本名オロール・デュパン、デュドヴァン男爵夫人は、ナポレオン・ボナパルトが皇帝に即位し、一七八九年の大革命がもたらした共和政にかわって第一帝政が始まる一八〇四年、帝国軍隊の輝かしい将校を父に、パリの帽子店で働くお針子を母に、パリで生まれた。そして、王政復古、七月革命、二月革命、第二帝政、さらに普仏戦争を経て第三共和政、パリ・コミューンとその崩壊——一九世紀フランスの歴史的大事件のすべてを経験した。

生誕二百年にあたる今年（二〇〇四年）は、欧米各国はもとより、日本でもこの女性の生涯の軌跡をたどり、作品やその思想、生き方の意義を明らかにしようとする、種々の展覧会や講演・討論会、コンサート等が数多く開催される。本国フランス各地での開催は、まさしく枚挙にいとまがないほどである。

また、新たに『ジョルジュ・サンド全集』（ベアトリス・ディディエ監修、シャンピオン社）の刊行が予定され、一方、一千五百余ページの浩瀚な自伝『わが生涯の歴史』はマルティーヌ・リドの校訂、注釈で三月に出版されたところである（ガリマール社）。

昨年には、サンドの遺骸をキュリー夫人に次いで、フランス国家の偉人を合祀するパリのパンテオンに移す計画の推進委員会が設置されもした。四〇余年におよぶ創作活動や積極的な社会参加を通して、人類が達成すべき理想、あるべき社会の姿を主張した、その今日的意義からであった。

だが、これまでのわが国におけるサンド像は、〈男装し、タバコをくゆらせ、ショパンを筆頭に、華やかな恋の遍歴を重ねた自由奔放な女性〉であり、あるいはまた、〈空想的社会主義に心酔しユートピアを夢見た富裕な奥方〉であった。作家としても、まさしく多様な主題の百篇を越す作品を残しながらも、〈『魔の沼』や『愛の妖精』といった、牧歌的な田園小説の作者〉であった。

生誕二百年を記念して、いわば固定化したこのサンド像を一新し、一九世紀にあってすでに、現代社会が直面する様々な問題の萌芽と真っ向から向き合った、〈時代の思想家・サンド〉の全体像を浮かび上がらせようと、〈ジョルジュ・サンド〉セレクションを藤原書店で企画した。

「民主主義の発明という、一九世紀の主要な政治上の出来事に重要な役割を果たし、また、その証人となった」サンドの、政治的テクストを初めて完全な形で編纂され（『サンド――政治と論争』）、また一九九七年、来日の折にはサンドについて講演された、歴史学者ミシェル・ペロー女史にご協力を仰いだ。

リュクサンブール公園にほど近い、女史のお宅で議論を重ね、主要作品の中から未邦訳のものを中心に、『わが生涯の歴史』、『コンシュエロ』など、八作品を選んだ。そのプレ企画としての本書では、創作の背景となったサンドの生涯を素描した。

パリから南に三百キロばかり、美しい林の点在する田園地帯にある小さな集落ノアン。ジョルジュ・サンドがここで七二年の生涯を閉じて、すでに一三〇年近い歳月が流れたが、往時のままのたたずまいを見せるノアンの城館は今も多くの人々を引きつけてやまない。

様々なことがあったその生涯に思いをはせながら、家人が寝静まった夜半にひたすらペンを走らせた書斎にたたずみ、二人の子どもの誕生を記念して植えられたヒマラヤスギがすでに大樹となって濃い影を落としている庭園を散策する時、女性に対する障壁が厳然として存在した一九世紀という時代の中で、自らの意思で生きていく自由を獲得した、一人の女性の真摯な生き様が浮かび上がる……愛を求めては、苦い幻滅を味わい、理想を追っては、眼前の現実に深く失望し、それでもなお、人類を待っているより幸福な未来を疑わず、その実現のためにペンの力と、ペンを手にした人間の果たすべき役割を信じて、時に社会の偏見、不正や政治秩序の不完全さを糾弾し、社会の底辺で呻吟している人々に希望を与え、時に文字を拾い読み始めたばかりの労働者のために、また、自然の美しさや大地に働く人々の素朴な心を忘れた都会の人間のためにみずみずしい田園小説を書き、発展の一途をたどる産業社会がはらむ自然破壊の脅威をいち早く告発した……。

もっとも、ジョルジュ・サンドのこうした生きかたや思想には喝采と非難が相半ばした。

一九世紀ブルジョア社会が規範とした女性の領分は家庭であり、女性蔑視を標榜してはばからぬ識者たちが悪意にみちた揶揄、嘲笑を彼女に投げつけたことはよく知られている。

だが、一九六四年から三〇余年をかけて、およそ一万八千通の手紙を収録した、『ジョルジュ・サンド書簡集』(二四巻、補巻二)が刊行された。八歳の少女時代から死の直前まで、心のおもむくままにしたためられた夥しい数の手紙こそ、生身の、真実のジョルジュ・サンド——並外れて豊かな感性と知性、強い精神力、人間や社会に対する深い洞察力と未来を予見する力に恵まれた、だが同時に、様々な矛盾をはらんだ女性の、類稀な生涯を明らかにする。

本書の紙数が許す限りの手紙と作品の断章を通して、人間としての理想をペンに託したジョルジュ・サンドの〈声〉を、本書を手にしてくださる読者の方々とともに聴くことができれば、筆者としてはこの上ない幸せである。

現代を認識する原点ともいうべき一九世紀に、そして一九世紀の証人ジョルジュ・サンドに深い関心を抱かれ、本書出版の機会を与えてくださった、藤原書店店主藤原良雄氏に心からのお礼を申し上げたい。
また藤原書店編集部の山﨑優子氏には終始、励ましときわめて適切なご助言をいただいた。
あわせて深くお礼を申しあげたい。

二〇〇四年四月

持田明子

ヤ　行

ラ　行

マ　行

ナ　行

ハ　行

サ 行

タ 行

■人名索引■

ジョルジュ・サンド セレクション

（全 13 巻・別巻一）

〈責任編集〉 M・ペロー　持田明子　大野一道

四六変上製　各巻 400 〜 600 頁

1　**モープラ**――絶対の愛を求めて　　小倉和子 訳＝解説

2　**スピリディオン**――時間を超えて　　大野一道 訳＝解説

3　**コンシュエロ** ㊤　　持田明子・大野一道 訳＝解説

4　**コンシュエロ** ㊦　　大野一道・山辺雅彦 訳＝解説

5　**ジャンヌ**　　持田明子 訳＝解説

6　**魔の沼　随想**（「風俗と習慣」「ブッサク城のタピスリー」）　持田明子 訳＝解説

7　**わが生涯の歴史**
第 1 部　ある家族の歴史　〜 1800 年　　山辺雅彦 訳＝解説

8　**わが生涯の歴史**
第 2 部　私の子ども時代　1800 〜 1810 年　　石井啓子 訳＝解説

9　**わが生涯の歴史**
第 3 部　子ども時代から青春時代まで　1810 〜 1819 年　　（未定）

10　**わが生涯の歴史**
第 4 部　神秘的信仰から自立まで　1819 〜 1832 年
大野一道 訳＝解説

11　**わが生涯の歴史**
第 5 部　作家生活と私生活　1832 〜 1850 年　　持田明子 訳＝解説

12　**黒い町**　　石井啓子 訳＝解説

13　**おばあ様のコント**（選）　　小椋順子 訳＝解説

別巻　**書簡集**　1820 〜 76 年　　持田明子・大野一道 編

著者紹介

持田 明子（もちだ・あきこ）

1969年、東京大学大学院博士課程中退（フランス文学専攻）。1966-68年、フランス政府給費留学生として渡仏。ジョルジュ・サンド研究の第一人者ピエール・ルブール教授の指導のもと、1840年代のサンドの作品と思想を研究。現在、九州産業大学国際文化学部教授。
編著に、『ジョルジュ・サンドからの手紙』（1996年）、編訳書に、『往復書簡　サンド=フロベール』（1998年）、訳書に、D・デザンティ『新しい女』（1991年）、A・ヴァンサン=ビュフォー『涙の歴史』（1994年）、G・サンド（M・ペロー編）『サンド―政治と論争』（2000年）、B・ショヴロン『赤く染まるヴェネツィア』（2000年）、M・ペロー『歴史の沈黙』（2003年、以上藤原書店刊）などがある。

ジョルジュ・サンド 1804-76　**自由、愛、そして自然**

2004年6月20日　初版第1刷発行©

著　者　　持 田 明 子
発行者　　藤 原 良 雄
発行所　　株式会社 藤 原 書 店

〒162-0041　東京都新宿区早稲田鶴巻町 523
電話　03（5272）0301
FAX　03（5272）0450
振替　00160-4-17013
印刷・製本　中央精版印刷

落丁本・乱丁本はお取替えいたします
定価はカバーに表示してあります

Printed in Japan
ISBN-4-89434-393-2

6　魔の沼　**随想**（「風俗と習慣」「ブッサク城のタピスリー」）　（第2回配本）
La Mare au Diable, 1846　**持田明子 訳＝解説**

妻を亡くし富裕な寡婦との見合いに出かける農夫ジェルマンと貧しい娘マリーが、道に迷い野宿した「魔の沼」の畔の一夜に生まれた清新な愛を描く最も有名な田園小説「魔の沼」に、サンドの宗教観がうかがえる「マルシへの手紙」を併録。

7　わが生涯の歴史
第1部　ある家族の歴史　～1800年　**山辺雅彦 訳＝解説**

8　わが生涯の歴史
第2部　私の子ども時代　1800～1810年　**石井啓子 訳＝解説**

9　わが生涯の歴史
第3部　子ども時代から青春時代まで　1810～1819年　（未定）

10　わが生涯の歴史
第4部　神秘的信仰から自立まで　1819～1832年　**大野一道 訳＝解説**

11　わが生涯の歴史
第5部　作家生活と私生活　1832～1850年　**持田明子 訳＝解説**
Histoire de ma Vie, 1855

執筆に8年余を費した自伝文学。第1部ではサンド生誕前の3代にわたる家族の歴史が扱われ、歴史資料としても価値が高い。第2部以降、幼年時代、青春時代、結婚、文壇への登場、政治への関与の半生が語られる。本邦初訳かつ完訳。

12　黒い町
La Ville Noire, 1861　**石井啓子 訳＝解説**

ゾラ『ジェルミナール』に先んじること20年、“世界最初の産業小説”として名高い作品。本邦初訳。オーベルニュ地方の刃物工場の町を舞台に、労働組合の先駆とも言うべきものが出来てゆく過程が描かれる。

13　おばあ様のコント　（選）
Les Contes d' une Grand-mère, 1873,1876　**小椋順子 訳＝解説**

その多くの作品が子供たちにも親しまれているサンドが晩年、孫たちのために書いた2巻の作品集からとりわけ優れたものを精選。「ものを言うカシの木」、「ばらいろの雲」、「ピクトルデュの館」など、美しい幻想と現実の交錯する世界を通じて人間の生き方、人間にとって最も大切なことを語りかける。

別巻　書簡集　1820～76年　**持田明子・大野一道 編**

19世紀社会を映し出す1万8000通余を収録する書簡集（全26巻）から、リスト、デュマ・ペール、バルザック、ハイネ、ドラクロワ、ショパン、ダグー伯爵夫人、サント=ブーヴ、バクーニン、マルクス、デュマ・フィス、ミシュレ、ナポレオン三世、フローベール、ツルゲーネフ……等への書簡を精選。

サンドとショパン、愛の生活記

マヨルカの冬

G・サンド
J-B・ローラン画　小坂裕子訳

パリの社交界を逃れ、作曲家ショパンとともに訪れたスペイン・マヨルカ島三か月余の生活記。自然を礼賛し、文明の意義を見つめ、女の生き方を問い直すサンドの流麗な文体を、ローランの美しいリトグラフ多数で飾った読者待望の作品、遂に完訳。本邦初訳。

A5変上製　二七二頁　三三〇〇円
（一九九七年二月刊）
◇4-89434-061-5

UN HIVER À MAJORQUE
George SAND

7　金融小説名篇集

吉田典子・宮下志朗 訳＝解説
〈対談〉青木雄二×鹿島茂

ゴプセック――高利貸し観察記　*Gobseck*
ニュシンゲン銀行――偽装倒産物語　*La Maison Nucingen*
名うてのゴディサール――だまされたセールスマン　*L'Illustre Gaudissart*
骨董室――手形偽造物語　*Le Cabinet des antiques*

528 頁　**3200 円**（1999 年 11 月刊）◇4-89434-155-7

高利貸しのゴプセック、銀行家ニュシンゲン、凄腕のセールスマン、ゴディサール。いずれ劣らぬ個性をもった「人間喜劇」の名脇役が主役となる三篇と、青年貴族が手形偽造で捕まるまでに破滅する「骨董室」を収めた作品集。「いまの時代は、日本の経済がバルザック的になってきたといえますね。」（青木雄二氏評）

8・9　娼婦の栄光と悲惨――悪党ヴォートラン最後の変身（2分冊）

Splendeurs et misères des courtisanes

飯島耕一 訳＝解説
〈対談〉池内紀×山田登世子

⑧448 頁 ⑨448 頁　各 **3200 円**（2000 年 12 月刊）⑧◇4-89434-208-1 ⑨◇4-89434-209-X

『幻滅』で出会った闇の人物ヴォートランと美貌の詩人リュシアン。彼らに襲いかかる最後の運命は？「社会の管理化が進むなか、消えていくものと生き残る者とがふるいにかけられ、ヒーローのありえた時代が終わりつつあることが、ここにはっきり描かれている。」（池内紀氏評）

10　あら皮――欲望の哲学

La Peau de chagrin

小倉孝誠 訳＝解説
〈対談〉植島啓司×山田登世子

448 頁　**3200 円**（2000 年 3 月刊）◇4-89434-170-0

絶望し、自殺まで考えた青年が手にした「あら皮」。それは、寿命と引き換えに願いを叶える魔法の皮であった。その後の青年はいかに？「外側から見ると欲望まるだしの人間が、内側から見ると全然違っている。それがバルザックの秘密だと思う。」（植島啓司氏評）

11・12　従妹《いとこ》ベット――好色一代記（2分冊）

La Cousine Bette

山田登世子 訳＝解説
〈対談〉松浦寿輝×山田登世子

⑪352 頁 ⑫352 頁　各 **3200 円**（2001 年 7 月刊）⑪◇4-89434-241-3 ⑫◇4-89434-242-1

美しい妻に愛されながらも、義理の従妹ベットと素人娼婦ヴァレリーに操られ、快楽を追い求め徹底的に堕ちていく放蕩貴族ユロの物語。「滑稽なまでの激しい情念が崇高なものに転じるさまが描かれている。」（松浦寿輝氏評）

13　従兄《いとこ》ポンス――収集家の悲劇

Le Cousin Pons

柏木隆雄 訳＝解説
〈対談〉福田和也×鹿島茂

504 頁　**3200 円**（1999 年 9 月刊）◇4-89434-146-8

骨董収集に没頭する、成功に無欲な老音楽家ポンスと友人シュムッケ。心優しい二人の友情と、ポンスの収集品を狙う貪欲な輩の蠢く資本主義社会の諸相を描いた、バルザック最晩年の作品。「小説の異常な情報量。今だったら、それだけで長篇を書けるような話が十もある。」（福田和也氏評）

別巻1　バルザック「人間喜劇」ハンドブック

大矢タカヤス 編
奥田恭士・片桐祐・佐野栄一・菅原珠子・山﨑朱美子＝共同執筆

264 頁　**3000 円**（2000 年 5 月刊）◇4-89434-180-8

「登場人物辞典」、「家系図」、「作品内年表」、「服飾解説」からなる、バルザック愛読者待望の本邦初オリジナルハンドブック。

別巻2　バルザック「人間喜劇」全作品あらすじ

大矢タカヤス 編　奥田恭士・片桐祐・佐野栄一＝共同執筆

432 頁　**3800 円**（1999 年 5 月刊）◇4-89434-135-2

思想的にも方法的にも相矛盾するほどの多彩な傾向をもった百篇近くの作品群からなる、広大な「人間喜劇」の世界を鳥瞰する画期的試み。コンパクトでありながら、あたかも作品を読み進んでいるかのような臨場感を味わえる。当時のイラストをふんだんに収め、詳しい「バルザック年譜」も附す。

6　**獣人**　*La Bête Humaine, 1890*

寺田光徳 訳＝解説

「叢書」中屈指の人気を誇る、探偵小説的興趣をもった作品。第二帝政期に文明と進歩の象徴として時代の先頭を疾駆していた「鉄道」を駆使して同時代の社会とそこに生きる人々の感性を活写し、小説に新境地を切り開いた、ゾラの斬新さが理解できる。

❼　**金**《かね》　*L'Argent, 1891*

野村正人訳＝解説

誇大妄想狂的な欲望に憑かれ、最後には自分を蕩尽せずにすまない人間とその時代を見事に描ききる、80年代日本のバブル時代を彷彿とさせる作品。主人公の栄光と悲惨はそのまま、華やかさの裏に崩壊の影が忍び寄っていた第二帝政の運命である。

576頁　**4200円**　◇4-89434-361-4（第5回配本／2003年11月刊）

8　**文学評論集**

佐藤正年 編訳＝解説

有名な「実験小説論」だけを根拠にゾラの文学理論を裁断してきた紋切り型の文学史を一新、ゾラの幅広く奥深い文学観を呈示！　「個性的な表現」「文学における金銭」「猥褻文学」「文学における道徳について」「小説家の権利」「バルザック論」他。

9　**美術評論集**

三浦篤 編訳＝解説

ゾラは1860年代後半〜70年代にかけて美術批評家として重要な役割を果たした。マネの擁護、アカデミックな画家への批判、印象派や自然主義の画家への評価……。書簡、文学作品を含め総合的にゾラと美術の関係を示す。「サロンの自然主義」他。

❿　**時代を読む　1870-1900**　*Chroniques et Polémiques*

小倉孝誠・菅野賢治 編訳＝解説

権力に抗しても真実を追求する真の“知識人”作家ゾラの、現代の諸問題を見透すような作品を精選。「私は告発する」のようなドレフュス事件関連の文章の他、新聞、女性、教育、宗教、文学と共和国、離婚、動物愛護など、多様なテーマをとりあげる。

392頁　**3200円**　◇4-89434-311-8（第1回配本／2002年11月刊）

11　**書簡集**

小倉孝誠 編訳＝解説

19世紀後半の作家、画家、音楽家、ジャーナリスト、政治家たちと幅広い交流をもっていたゾラの手紙から時代の全体像を浮彫りにする、第一級史料の本邦初訳。セザンヌ、フロベール、ドーデ、ゴンクール、マラルメ、ドレフュス他宛の書簡を収録。

別巻　**ゾラ・ハンドブック**

宮下志朗・小倉孝誠 編

これ一巻でゾラのすべてが分かる！　①全小説のあらすじ。②ゾラとその時代。19世紀後半フランスの時代と社会に強くコミットしたゾラと関連の深い事件、社会現象、思想、科学などの解説。③内外のゾラ研究の歴史と現状。④詳細なゾラ年譜。

知られざるゾラの全貌

〈ゾラ・セレクション〉プレ企画

いま、なぜゾラか

〔ゾラ入門〕

宮下志朗・小倉孝誠編

金銭、セックス、レジャー、労働、大衆消費社会と都市……二〇世紀を先取りする今日的な主題をめぐって濃密な物語を描き、しかも、その多くの作品が映画化されているエミール・ゾラ。自然主義文学者という型に押しこめられていた不遇の作家の知られざる全体像が、いま初めて明かされる。

四六並製　三二八頁　二八〇〇円

（二〇〇二年一〇月刊）

4-89434-306-1

フランス映画『年下のひと』原案

赤く染まるヴェネツィア

〈サンドとミュッセの愛〉

B・ショヴロン　持田明子訳

サンドと美貌の詩人ミュッセのスキャンダラスな恋。サンドは生涯で最も激しく情念を滾《たぎ》らせたミュッセとイタリアへ旅立つ。病い、錯乱、繰り返される決裂と狂おしい愛、そして別れ……。文学史上最も有名な恋愛、「ヴェネツィアの恋人」達の目眩く愛の真実。

四六上製　二二四頁　一八〇〇円
（二〇〇〇年四月刊）
◇4-89434-175-1

《DANS VENISE LA ROUGE》
Bernadette CHOVELON

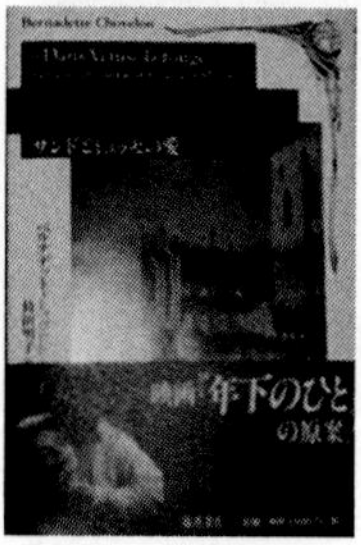

新しいジョルジュ・サンド

サンド——政治と論争

G・サンド
M・ペロー編　持田明子訳

歴史家ペローの目で見た斬新なサンド像。政治が男性のものであった一八四八年二月革命のフランス——初めて民衆の前で声をあげた女性・サンドが当時の政治に対して放った論文・発言・批評的文芸作品を精選。

四六上製　三三六頁　三二〇〇円
（二〇〇〇年九月）
◇4-89434-196-4

書簡で綴るサンド—ショパンの真実

ジョルジュ・サンドからの手紙

〈スペイン・マヨルカ島、ショパンとの旅と生活〉

G・サンド　持田明子編＝構成

一九九五年、フランスで二万通余りを収めた『サンド書簡集』が完結。これを機にサンド・ルネサンスの気運が高まるなか、この新資料を駆使して、ショパンと過した数か月の生活と時代背景を世界に先駆け浮き彫りにする。

A5上製　二六四頁　二九〇〇円
（一九九六年三月刊）
◇4-89434-035-6

文学史上最も美しい往復書簡

往復書簡 サンド＝フロベール

持田明子編訳

晩年に至って創作の筆益々盛んなサンド。『感情教育』執筆から『ブヴァールとペキュシェ』構想の時期のフロベール。二人の書簡は、各々の生活と作品創造の秘密を垣間見させるとともに、時代の政治的社会的状況や、思想・芸術の動向をありありと映し出す。

A5上製　四〇〇頁　四八〇〇円
（一九九八年三月刊）
◇4-89434-096-8

...re
...là vous prenez
...ptepion, il
...r fort calme.
...amis. Faites
...on vous dites
...prenez son
...langage de
...Je comprends

...fille, sa
...as plus inquié-
...de l'année
...nais moi j-